U0584782

国际大奖
小说

美国纽伯瑞儿童文学奖金奖

兔子坡

〔美〕罗伯特·罗素 著

张晓清 译

人民文学出版社
PEOPLE'S LITERATURE PUBLISHING HOUSE

图书在版编目(CIP)数据

兔子坡 ／（美）罗伯特·罗素著 ；张晓清译.
北京 ：人民文学出版社，2025．--（99 国际大奖小说）.
ISBN 978-7-02-019245-8

Ⅰ．I712.84

中国国家版本馆 CIP 数据核字第 2025V66M22 号

责任编辑　卜艳冰　杨　芹
装帧设计　汪佳诗

出版发行　**人民文学出版社**
社　　址　**北京市朝内大街 166 号**
邮政编码　**100705**

印　　制　**安徽新华印刷股份有限公司**
经　　销　**全国新华书店等**
字　　数　**68.9 千字**
开　　本　**890 毫米×1240 毫米　1/32**
印　　张　**3.875**
版　　次　**2025 年 6 月北京第 1 版**
印　　次　**2025 年 6 月第 1 次印刷**
书　　号　**978-7-02-019245-8**
定　　价　**35.00 元**

如有印装质量问题，请与本社图书销售中心调换。电话：010－65233595

兔子小乔吉是第一个将消息带到坡上的——大屋要来新邻居了！小动物们都琢磨着接下来会发生什么。他们有些担心——要来的这一家子可能有狗和猫，可能有陷阱和枪，最糟糕的情况是，可能有孩子们！当然，大多数小动物都很兴奋，期待着新邻居可以开垦这块地方。大屋以前有菜园，不过那已经是很久以前了，如果搬来的是好邻居，那兔子坡就又有好日子了！

献给一直热爱小乔吉的 **T.**

目　录

第一章　要来新邻居了

　　整个兔子坡沸腾了，大家都兴奋不已。每个角落都充
斥着窸窸窣窣的耳语声和议论声，坡上的居民们谈论着这
件大事，随处都可以听见大家一遍一遍地重复着："要来新

邻居了。"

小乔吉匆匆忙忙地滚进兔子洞，气喘吁吁地带回了这个消息。"要来新邻居了，"他嚷道，"爸爸妈妈，要来新邻居了，大屋要搬来新邻居了。"

妈妈此时正搅着清汤，抬起眼说："大屋是时候该来新邻居了，该来了，真希望他们种点儿东西，别像之前那户人家那样懒，什么都不种。有好庄稼的日子都是三年前了，近几年都找不到足够的粮食过冬，去年冬天真是最难熬的一个冬天。我都不知道我们是怎么撑过来的，如果新来的邻居再不种点儿东西，以后的日子真不知道要怎么过。粮食一天天匮乏，除了十字路口的胖男人那家，没有人种蔬菜，可是那户人家有狗，要去那儿得一天两次穿过那条黑道，哦，我不知道，真不知道……"妈妈真是一只操心的大兔子。

"好了，亲爱的，"爸爸说，"你得试着乐观一点儿。小乔吉带回来的这个消息，没准儿就预示着幸福丰裕的好日子要来了。这样可能更好，我去邻里闲逛一圈，看看关于这个传闻还有什么确切的好消息。"爸爸真不愧是来自南方的绅士，说话总是这样温文尔雅。

小乔吉的爸爸出去了，在久被遗忘的菜园边走了一圈，这座砖头砌成的大屋子在月光下若隐若现，显得漆黑而又孤单。屋子很暗，窗子里没有灯光，没人住在那里。屋顶

　　天花板已经弯曲腐蚀，变形的百叶窗斜挂着。步行道和车道上，干枯的野草在阵阵风中发出"沙沙"的摩挲声。如今，大地随着春天的到来渐渐苏醒，却显得格外令人沮丧。

　　这里曾经有过丰饶的时候，小乔吉的爸爸感慨地回忆着，那时候的兔子坡可跟现在不同。那时的草场青翠可人，像是一张厚厚的地毯；田地里长着茂密的苜蓿；那时的菜园里蔬菜随处可见，他和妈妈，还有他们数不清的孩子一同在这里生活，周围还住着很多小动物，那时候的日子真好。

那时，大屋住着好邻居，家里的孩子们每天晚上互相追逐着玩游戏，每逢看到臭鼬妈妈带着小臭鼬们列着纵队庄严地从草地上经过时，他们就会高兴地尖声大叫。那时大屋里还有一条狗，是一条西班牙母猎犬，又老又胖，总是和土拨鼠斗嘴，不过他们也仅仅是斗嘴罢了，从来不真正闹事。她还曾经将一只走丢的小狐狸带回家，放入自己那一窝小狗中照顾养育。仔细想想，当年的那只小狐狸应该是福克斯的叔叔或是他爸爸吗？小乔吉的爸爸记不清了，那都是好久以前的事了。

后来，兔子坡的好日子结束了。好邻居搬走了，大屋里搬来的那个家庭又吝啬又懒惰，对什么都不管不顾。毒漆树、月桂、毒藤代替了田地，野草和马唐草代替了草场，不再有菜园了。去年秋天他们终于离开了，留下的是挂着破败黑窗的空荡荡的房子，还有在冬天狂风中随风拍打的百叶窗。

小乔吉的爸爸来到储藏室，那里曾经是储存种子和各种食物的地方，田里饥饿的老鼠们常在这里得到犒劳。可如今，这里已经空了很多年，里面的每一粒粮食都已在这些寒冬的艰难日子里被搜刮得一点儿不剩了。这里也不再有谁光顾了。

土拨鼠伯吉在草坪斜坡上，正饿着肚子耙着七零八落的荒草堆找吃的，毛发看起来像是被虫子蛀得不像样了。

他的模样特别瘦，完全不是去年秋天勉强挤进洞里过冬的伯吉了，那会儿他胖得走起路来略显费劲。如今的他努力地试着把逝去的好时光补回来。每吃完一口，他都会抬起头四处搜寻，嘴里嘟囔着，生怕错过下一口吃的。这让他忍不住抱怨起来。"看看这片草坪，"他愤愤不平地说，"就这么看看（他吞了吞口水），连一片苜蓿叶子都没有，除了杂草，还是杂草（他又吞了吞口水），是该来新邻居的时候了（他再次吞了吞口水），是时候了。"当小乔吉的爸爸礼貌地向他问好的时候，他停了下来，坐直了。

"晚上好，伯吉，晚上好啊。真高兴又见到你啦。冬天过得挺舒服的吧，在春天这么美好的夜晚见到你身体健健康康的，真好啊。"

"这可不好说，"伯吉咕哝道，"我猜我的身体还好，不过和过完冬的大家一样，瘦得不像话了，如今这里这副鬼样子，谁还指望靠吃这些长点儿肉？"他冲着满是野草的田地、坑坑洼洼的草坪挥了挥手，"之前住的那家子真是懒惰鬼，懒惰鬼！就是他们，什么都没做，什么都没种，什么都不在意，什么都荒废了。他们的时代过去了，走了是好事，我就这么说，该是新邻居来的时候了，该来了。"

"这正是我想要问你的事，"爸爸说，"我听到了一些消息，都说可能有新邻居搬来，你知道确切的信息吗？是否有什么明确的证据表明我们所期盼的新邻居要来了？或者

只是传闻罢了?"

"传闻……传闻?"伯吉疑惑地抓了抓耳朵,若有所思地说,"好吧,我来说给你听。听说两三天前房地产商带着一些人来看这所房子了,里里外外走了一圈,我还听说木匠比尔·希基昨天来过了,他摸了摸、看了看房顶、储藏室、鸡舍,整理了一沓纸的资料。我还听说泥瓦匠路易·克斯多克今天来过了,在老石墙和台阶上踩踩这里,捅捅那里。我还听说——这可是很重要的,"他凑近了些,用爪子把地耙得"唰唰唰"直响,"这真的很重要。我听说蒂姆·麦格拉斯——你也知道的,就是住在下面村舍的那个会耕地播种的人——我听说他今天下午来过了,看了看菜园、草坪,还有北面的田地,他也是捅捅这里、捅捅那里的。说完了,你觉得怎么样?"

"我想,"小乔吉的爸爸说,"听起来答案很明显。毫无疑问,有新邻居要搬来了,所有迹象都表明他们是会耕种的人。只要是会耕种的人搬来,我们肯定能和他们相处得很好。现在正是蓝草生长的季节啊!"爸爸的老家是肯塔基州,多年前他搬到这里来了,但总把蓝草挂在嘴边,已经成了大家无聊的玩笑话①。

"在这里,蓝草不会长得那么好,"伯吉打断了小乔吉

---

① 肯塔基州的蓝草是一种非常受欢迎的牧草,所以肯塔基又被称为蓝草州。

兔子坡

爸爸的话，"康涅狄格州的蓝草是长不好的。不过，对我来说，有一片长满好苜蓿和梯牧草的田地就能生活得很好了。梯牧草和苜蓿，加上草坪——再加上一个菜园，"一讲到这些，他的眼神变得温柔起来，"有一些甜菜根，可能还有一些绿绿的豌豆，最棒的是再来一大口马鞭草……"突然，他转回稀疏的野草堆里，继续疯狂地抓抓捡捡了。

小乔吉的爸爸继续闲逛着，心情愉悦了些。无论如何，过去几年的日子真是太艰难了。很多朋友都离开了兔子坡；他们的孩子一结婚，就都到别处生活了；妈妈看起来真的很消瘦，她得为越来越多的事情担忧。新邻居住进大屋可能会带来好日子。"晚上好，祝您好运，"灰狐狸福克斯问候道，"我知道，要来新邻居了。"

"祝你有个美好的夜晚，小伙子，"爸爸说，"所有迹象都是这样显示的。"

"我得谢谢您，"福克斯接着说，"昨天早上您引开了那些追着我跑的狗。我不是很擅长和他们打交道，您也知道，我大老远从韦斯顿①带回来了一只母鸡——如今这样的机会可是不多了。来回八英里②，而且这只老母鸡可不老实，一路挣扎个不停，当那些狗跳到我面前时，我已经累得不行了。您真是太厉害了，处理得特别好，我欠您一个

———————————

① 位于美国佛罗里达州。
② 1 英里约等于 1.6 公里。

人情。"

"别这么说，孩子，千万别这么说，以后别再提了，"
小乔吉的爸爸说，"我总是喜欢和猎狗赛跑。你也知道，我
出生的地方有很多猎狗。想想那可是蓝草州啊……"

"是的，我知道，"福克斯急忙说道，"后来怎么样了？"

"我和他们一起在山谷中玩了玩，穿过了一些荆棘丛，
一直到吉姆·科利的通电栅栏那里。真是些笨家伙，对我
来说那都称不上是运动，真是没劲儿。在蓝草州，猎犬可
都是纯种的。我记得……"

"是的，我知道，"福克斯一边说，一边闪进树丛里了，
"不过还是谢谢您！"

兔子坡

松鼠格瑞此时正绝望地四处挖着，到底把坚果埋在哪里了，这个问题他永远记不住答案，当然，去年秋天埋下的果子实在寥寥无几。

"晚上好，先生，祝您好运！"爸爸说，"无论如何，好运似乎是您此刻最需要的。"看到那些徒劳无功的空洞，他笑着说，"老朋友啊，请原谅我这么说，您的记性可大不如从前喽。"

"可不是嘛，"格瑞叹了口气，"藏的东西还从来没收回来过。"他停下来，休息了一会儿，望着山谷说，"不过，其他的事情我可都没有忘记，记得特别清楚。您还记得从前的日子吗？就是兔子坡上的好日子，那时候这里住着好人家。记得圣诞节的时候，那些年轻人会在那棵树下为我们摆上吃的，就是那棵云杉，只是那时候树要小些。那时树上面挂满了灯泡，还有给你们吃的胡萝卜、卷心菜叶子和芹菜，给鸟儿们准备的种子和牛脂（我以前也常常蘸一些吃），还有为我们准备的坚果，各种各样的坚果——这些东西挂在树枝上可真好看，还记得吗？"

"当然记得，"小乔吉的爸爸说，"那些时光的记忆，我想大家肯定都深深珍藏着呢。让我们都有点儿盼头，期望要搬来的新邻居或多或少能将过去那些快乐的时光重新带来。"

"要来新邻居了？"格瑞连忙问道。

"大家都这么说，种种迹象都表明像是有这么回事。"

"好，"格瑞说着，又提起劲来继续搜寻自己埋下的坚果，"我都没听说——我太忙于到处找找挖挖了。我的记性实在太差了……"

田鼠威利一路疾驰到鼹鼠洞前，吹了一声尖锐的口哨。"莫尔，"他喊道，"莫尔，快出来，有消息，莫尔，有消息。"

莫尔抬起脑袋，使劲地探出地面，把苍白的脸转向威利，指了指颤抖的鼻子。"好了，好了，威利，"他说，"什么消息让你这么兴奋？什么消息这么稀奇？"

"绝对是个大消息，"威利上气不接下气地嚷着，"哦，莫尔，真是个大消息。大家都在说，要来新邻居了。莫尔，要来新邻居了！就是那座大屋，新邻居……大家都说要搬来的是会耕种的人家，莫尔，可能仓库里又会有种子和鸡饲料了。到时候粮食会从地板缝里掉下来，我们一整个冬天就能像夏天那样不愁吃的了。说不定地下室还会有暖气，我们就可以在墙边挖些洞，舒舒服服地过冬了。没准儿他们还会种郁金香，莫尔，还有绵枣和雪光花。哦，如果现在能有一块香脆的郁金香花球该有多好啊！"

"哦，还有那个郁金香花球的游戏，"莫尔"咯咯"笑了起来，"我想起来了。我在那里挖啊挖，你却从洞里跟出来，二话不说，把它们都给吃了。你吃了不要紧，但是我呢？不仅没吃到，还被说一通，这就是我得到的。"

"怎么会这样，莫尔？"威利伤心地问，"怎么会这样，莫尔？那样太不公平了，真的太不公平了。你也知道，我们一直都是彼此分享的好朋友，彼此分享。为什么，莫尔，我特别惊讶……"他轻轻地抽泣起来。

莫尔笑了，用他那又宽又厚的手掌拍了拍威利的背，说道："好了，好了。"他大笑着，"别总是这么敏感，我刚才只是开玩笑。我的生活中怎么能没有你呢？没了你，生活会变成什么样子啊！没了你，我怎么看东西？没有你，我想看什么东西的时候要怎么办呢？"

威利擦了擦眼泪，说道："那你说：'威利，做我的眼睛。'"

"我当然愿意这么说，"莫尔发自内心回答道，"听着：

威利，做我的眼睛。你是我的眼睛。你告诉我各种东西的样子，告诉我它们的颜色、大小，你真的很棒，没有谁能比你做得更好。"

威利不再伤心了："每次发现有抓鼹鼠的陷阱，我都会告诉你，包括哪里有毒，不是吗？而且每次人们翻草坪，我也都告诉你。不过已经很久没人来翻草坪了。"

"是的，"莫尔笑着说，"你都告诉了我。擦擦你的鼻涕吧。我得去找晚饭了，现在这里很难找到虫子吃了。"他摇摇摆摆地走了，威利望着长长的草坪坡脊，到处是莫尔挖出来的坑坑洼洼的洞。他蹦蹦跳跳地跑下去，一步一步拍打着土地。"莫尔,"他喊道,"他们来的时候,我还是你的眼睛。我会通通告诉你的。"

"你当然会告诉我,"莫尔的声音听不清了,"你当然会这么做——如果那里有了郁金香,我也不会惊讶的。"

臭鼬匹维在松树林边站住,远远望着大屋,一阵轻微的沙沙声传来,公鹿红巴克出现在他身旁。"晚上好,先生,祝您好运,"匹维说,"要来新邻居了。"

"是的,我知道,"红巴克说,"我知道,该来了。当然,对我来说这没有那么重要,我总是到处跑。不过对这个坡上的其他住户来说就不一样了,毕竟日子实在是太难了,太难了。"

"是啊,您到处跑见识多,"匹维回答道,"说现在菜园子里一团糟,您也这么觉得,不是吗?"

"当然。该是时候了,"红巴克低声抽了抽鼻子,承认道,"匹维,你不会介意往那边挪一点儿是吧,你不介意吧,往背风面挪一点儿。这样可以了,谢谢。正如我刚才说的,我当然喜欢有点儿绿色的植物,比如一排生菜,或者一些卷心菜,得嫩嫩的——太老的话我会消化不良的——当然我特别想吃番——番茄。现在,给你来一个新鲜的熟番茄……"

"您吃吧,"匹维打断了他,"我倒不是特别在意来的人是否会耕种,不过对大家来说,当然是希望如此。菜园对

我来说什么都不是，我期待的是他们的垃圾堆。"

"匹维，你的品味怎么这么低啊，"红巴克说，"顺便说一句，风向好像变了——你介意吗？往那边去一点儿，可以了，谢谢。我刚才说的……"

"品味低没什么，"匹维有点儿生气地说，"您只是不懂垃圾堆罢了。有好的垃圾堆，也有差的垃圾堆，就好像有好的邻居，也有坏的邻居一样。一些人的垃圾根本就不能——这么说吧，根本就称不上垃圾堆。但是有些垃圾堆，一旦拥有了，您都不会想要更好的了。"

"我会想要的，"红巴克坚定地说，"我想要更好的。不过，换个话题，福克斯的爸爸打赌说将来那里会有鸡，甚至可能有鸭。你应该会感兴趣的。"

"小鸡挺好的，"匹维承认道，"鸭也还好，但是说到垃圾堆……"

"哎呀，亲爱的，"红巴克抱怨道，"风向又变了。"他跑回树林中去了。

冰凉的地下深处，还有一些冰没有融化，切根虫们的老爷爷展开他那脏兮兮的灰装，伸展着僵硬的关节，发出"嘶嘶"的低语，将数以万计的后代们从冬眠中唤醒了。

"要来新邻居了，"老爷爷低语道，"要来新邻居了。"声音穿过一片荒凉之处，渐渐传开。切根虫们缓缓蠕动着难看的身体，开始了往地面钻的漫长旅程。当鲜嫩的植物

开始生长时，他们正好能钻到地面。

消息传遍了整个兔子坡，穿过树丛，透过乱蓬蓬的草堆，到处都充满了小动物们的骚动和低语，他们闲聊着、预测着这将要来的大事。松鼠们和花栗鼠们在石墙边跳来跳去，大声喊着这个消息。松树树荫下，猫头鹰、乌鸦还有冠蓝鸦嚷嚷着、争论着。洞穴里头，来来往往的访客络绎不绝，随处可以听见大家口里不住地说："要来新邻居了。"

第二章　妈妈的担忧

　　兔子洞里，小乔吉的妈妈显得比往常更忧心忡忡。不管好事坏事，任何一点儿风吹草动，只要是会打乱妈妈每天日常安静生活秩序的，都会让她担心，更何况现在有这么一件令大家兴奋的大事，更是让她焦躁不已。新邻居的到来可能引发的所有危险、不快，妈妈都想到了，而且还自找了很多新的烦恼。她已经琢磨过了，要搬来的可能有狗、猫、雪貂，可能有猎枪、步枪、炸弹，可能有陷阱、圈套，还可能有毒药和毒气。当然，非常可能有男孩！

兔子坡

她总是重复想着最近流传的那个可怕传闻，说是有一个男孩把一根软管的一端接上自家汽车的排气管，另一端塞进了兔子洞里。有好几个家庭因为这种残忍的暴行被毁了。

"好了，妈妈，好了，"爸爸安慰她说，"我和你说过很多遍了，这样的不幸完全是他们自己的疏忽造成的，因为所有的逃生出口都被粮食给堵住了。为过冬准备足够的粮食是很好的习惯，但是将安全出口当作根茎植物的储藏室或储存柜，实在没有比这更愚蠢的了。

"不幸的是，或者可以说幸运的是，"他看着自己家里光秃秃的架子和空荡荡的储存柜，接着说，"这几年，拮据的生活使得我们没有多少为过冬准备的粮食，我们的安全出口也因此总是干干净净的，整理得相当好，尽管我必须承认，你时常把扫把、拖把、水桶，还有一些不必要的工具杂乱地摆在走廊上，这样的习惯可不太好。就是最近，我在那儿狠狠地摔了一跤。"

妈妈赶紧把水桶和扫把移走，也或多或少放宽了心，不过每次东风把经过的车子排放出来的尾气吹进洞里时，她总是吓得脸色惨白。

她还担心要来的邻居是否会把兔子窝所在的灌木丛砍倒、锄掉。对于这一点，爸爸承认这个担心很合理，但是几乎不可能。"如果是这样，"爸爸说，"我们就只能被迫搬家了。现在凹洞里的这个住处，尽管藏在高高的灌木丛深

处，是很好的隐蔽点，但是一年中总有一些时节，洞里毫无疑问是潮湿的，甚至可以说是湿漉漉的。我觉得最近有风湿痛（一种家族遗传病）的迹象，如果能搬到稍微贴近地面的地方会好一些。我已经盯上松树林附近的一处地方很久了，如果要搬来的人家真的把灌木丛给拔了，我们必须搬个住处的话，我相信搬去那儿也不是毫无益处的。"

一想到可能离开这个家，妈妈的眼泪一下子涌了出来，爸爸赶紧换了个话题，说要搬来的可能有猫和狗。

"如果有猫，"爸爸说，"那就只需要制定合宜的家庭纪律。你们也都知道，孩子们只是发出声音，不跑出去，在他们能照顾自己之前都待在家里，如果他们接受的教导是保持敏锐、警觉，那猫可能带来的危险就可以忽略不计。猫根本就没法持续快速奔跑，他们唯一的武器不过是神出鬼没罢了，请原谅我这么说，我想我已经成功教会孩子们不被猫吓到了。

"不过，我得说，有个别几个孙子辈的被宠坏了，总是为所欲为，这是我们那个年代的兔子没法想象的。父母这样的纵容，后果来得很快，也通常教训惨痛。我希望，我的儿子啊，"他严肃地瞥了小乔吉一眼，说，"不要忘记过早死于猫爪下的那些孙辈的教训，包括明妮、亚瑟、威尔弗雷德、莎拉、康斯坦丝、萨雷普塔、贺加斯，还有克拉斯，你不要轻易忘记。"

小乔吉保证他不会轻易忘记这些教训。听到这些早逝

的孩子们的名字，妈妈伤心地哭了起来，爸爸接着说（他总是说个不停，除非有什么事情打断他）：

"我觉得如果搬来的有狗，那对我们这一片来说可能是件不错的事情。十字路口的胖男人家的那些杂种狗真不值一提，我倒是很希望能时不时和几条精心驯养过的猎犬来几次赛跑。啊，就像我生活过的蓝草州……"

"是的，我知道，"妈妈打断了他，"我知道蓝草州，但是这里还有伯吉，他可是你最好的朋友之一……"

"伯吉真是有问题，"爸爸承认道，"把自己的家选在大屋的遮阴处，真不是个聪明的选择，正如我常和他说的。以前的那些人家，当然没问题。只要他们不介意，他可以住在会客厅里，但是如果有了狗，那么他的住处就相当危险。如果要搬来的人家有狗，那我就必须和他再谈谈这件事，而且这次我要非常严肃地坚持自己的观点。"

但是妈妈此时正担心着什么，一点儿也没听进去爸爸的话。"春季大扫除要到了，"她皱着眉头说道，"我准备这

周来次大扫除，但是现在这么多事情，大家进进出出的，根本就没有机会。还有安纳达斯舅舅，住在丹伯里那么远的地方，米尔德里德结婚搬走后，他就独个儿孤孤单单的，加上年纪越来越大，他的住处现在会是什么样子啊，真是难以想象。尽管粮食不够，但我想了很久，还是很希望能接他来度夏。不过现在要来新邻居了，还不知道是否会有狗，会不会有陷阱、圈套、猎枪又或者毒药，真是不知道啊……我就是不知道啊……"

"事实上，"爸爸说，"这是邀请安纳达斯舅舅来的最佳时机，我想不到还有什么时候更适合邀请他来。一方面，正如你所提到的，米尔德里德结婚之后他实在太孤单了，这个时候让他换个环境，绝对是最佳的选择。另外，据我所知，丹伯里的粮食状况不比这里好，甚至比这里还要严峻。因此如果要搬来的新邻居是会耕种的人家——现在种种迹象都表明要来的人家会耕种，这样单是吃的方面，条件就会改善很多。简单说来，他会吃得更好。最后还有一个原因，那就是安纳达斯舅舅是我们家族中最老迈的，他和人家打交道的经验非常丰富，也有他自己的办法。如果要搬来的人家不那么好相处——当然，我认为应该不会这样，但是考虑得周到些是好的——他就可以给我们一些建议，让我们能更好地解决可能引发的问题。

　　"因此，我建议马上将安纳达斯舅舅接过来，如果不是接

下来这几天可能发生的事情给了我众多的压力，我倒是很乐意亲自去接他。所以，只能这样了，将这个任务交给小乔吉吧。"

　　一听到爸爸这么说，小乔吉心里兴奋不已，但是此时妈妈又添了些新的担忧，爸爸试图尽可能缓解她的焦虑心情，小乔吉则只好装作很镇定的样子。无论如何，小乔吉如今已经长大了，跑起来几乎和爸爸一样快了，对于各种陷阱，他也差不多都知道应对法则。过去的几个月里，到十字路口的胖男人那里赶集的任务，都落在了他身上，如今，他已经能顺利躲过狗、一天两次安全穿过那条黑道了。去年他们都参加了米尔德里德的婚礼，他还记得去安纳达斯舅舅家的路。为什么他不能去？他当然不想错过见证兔子坡上即将发生大事的机会，但是去一趟丹伯里对他来说，真是让他兴奋，更何况路上也只是两天时间，两天之内能发生什么大事呢？！

　　躺在床上迷迷糊糊要睡着的时候，他还隐约听到妈妈的担心和爸爸无休无止地说啊……说啊……说啊……

第三章 小乔吉唱了首歌

天将亮的时候，小乔吉踏上了出发的旅程。尽管妈妈
还在担心，她还是为小乔吉准备了虽少但很有营养的午餐。
午餐和给安纳达斯舅舅的信放在一起，好好地躺在小乔吉

的斜挎背包中。爸爸会一路把他送到双子桥那里。他们蹦蹦跳跳地下了兔子坡，发现此时的山谷笼罩在一片云雾中，雾气升到树顶，整座山谷如同漂浮的岛。果园里渐渐响起了歌唱的声音，那是鸟儿们在欢迎新一天的到来。鸟妈妈们叽叽喳喳的，一边打扫整理鸟巢，一边"咯咯"笑着，也有的在低声说着什么。树枝的最顶端，鸟爸爸们悦耳地唱着，放声叫着，彼此谈笑着。

路过的人家都还睡着，就连十字路口的胖男人家的狗都安安静静的，只有那些小动物到处活动着。一路上，父子俩遇到了夜里去了韦斯顿的灰狐狸福克斯，他看起来一副腿酸眼困的样子，脖子那里还粘着几根鸡毛。公鹿红巴克正优雅地缓缓跑过黑道，还向他们道了早安和好运，但是爸爸难得没有时间停下来长篇大论一番。毕竟他肩负任务，全世界没有谁能像爸爸这样明白自己该做的是什么——完全没有哪个比得上他。

"好了，儿子，"他坚定地说，"你妈妈已经处于很紧张的状态了，别再让一些不必要的冒险或粗心平添她的烦恼。别在路上闲逛，也不要犯傻，只要好好地沿着路走，好好地，看好脚下的每一座桥、每一个十字路口，如果遇到桥，你要怎么办？"

"我会先藏好，"小乔吉回答道，"然后就是等，不计时间地等。我会提防狗、路上的车，无论是开过去的，还是开过来的，我都会格外注意。等没有车经过时我再跑过去，飞快地。然后赶紧找个地方藏起来，直到确认没人看到我，我才继续走。如果遇到十字路口，我也这么做。"

"好，"爸爸说，"把路上会遇到的狗再数一遍。"

小乔吉闭上眼睛，完成任务似的背了一遍："十字路口胖男人家，两条杂种狗；希尔山的山路那儿，达尔玛西亚狗；长山的房子那儿，柯利牧羊犬，有点儿吵，没有风度；诺菲尔德教堂的角落，一条警犬，有点儿笨，没有嗅觉；高垄那儿红色的农舍，斗牛犬、雪达犬，个头虽然大，但是不碍事；大仓房的农舍，老猎犬，十分危险……"他把去丹伯里一路上会遇到的每一条狗的情况都背得清清楚楚，一个错都没犯，看着爸爸频频地点头，小乔吉的自豪感在胸中涌溢。

"非常好，"爸爸说道，"还记得你奔跑的步伐策略吗？"小乔吉再次闭上双眼，快速复述着，那速度真快："往右一大跳，往左连跳两次；左连跳，右连跳；停一停，往后一步跳；向右跳，向左跳；假装绊倒，潜入荆棘丛中。"

"好极了，"爸爸说道，"去吧，路上小心。注意路上的狗，如果没有追你，就别在他们身上浪费体力，后头也许需要赶路。如果遇上了紧追不放的，观察，连跳，然后就是隐蔽。顺便提一句，你藏得再好，情况仍然有可能不妙，因为你一直有一个癖好，就是轻抖你的左耳，你必须注意

这一点。记住，高垄那片地方很宽阔，你要待在石头墙边，在土桩上做记号。那儿有不少伯吉的亲戚，如果你遇到什么危险，他们肯定愿意让你去他们家里躲躲的。只是别忘了告诉他们你是谁，别忘了向他们道谢。跑一阵之后要躲起来，至少休息十分钟。如果迫于情况，不得不连着跑，记得把背包袋子束紧一些，耳朵向后，肚子贴紧地面。

"现在出发吧，记住——别犯傻，最迟明天晚上要带着安纳达斯舅舅回来。"

小乔吉穿过了双子桥，顺顺当当的，他冲爸爸挥挥手，开始了独自的旅程。

希尔山的那段路黑漆漆的，雾气缭绕，小乔吉穿过这段路时，达尔玛西亚狗还睡着呢。显然，沿路往上不远处的柯利牧羊犬也不例外。他爬上长山，一路上安安静静的。到达诺菲尔德教堂的角落时，人们刚起来，厨房烟囱里升起了袅袅的炊烟，空气中散发着煎培根的香气，那味道真好。

不出小乔吉所料，警犬追了他一段路，但是他可没在这儿浪费时间。当他们差不多靠近那棵躺倒在荆棘丛里的老苹果树时，小乔吉一连几个大跳加上挑逗性地减速，成功地使用了一次急停、右跳、蹲伏。那条低吼着的狗一时刹不住车，直接一头扎进荆棘丛中难以脱身。对小乔吉来说，警犬那痛苦的咆哮宛如甜美的音乐般悦耳，他镇定地

跳出来，前往高垄。他多么希望爸爸刚才在场，目睹自己如何轻巧地对付警犬，而且蹲伏的时候，他的左耳一点儿都没抖。

　　小乔吉到达高垄时，天已经全亮了。红色农舍的廊檐下，肥壮的斗牛犬和雪达犬仍旧呼呼大睡，紧紧地团在一起取暖。要是平时，小乔吉肯定忍不住上去挑逗一番，享受那种你追我赶的快乐，但是，爸爸的嘱咐不能忘啊，他带着任务继续前行。

　　高垄在乡间，这段路长而平坦，这对小乔吉来说一点儿都不好玩。尽管周围是绵延数英里的树林和草场，景致十分优美，但是小乔吉一点儿都不关心。不过澄净蔚蓝的天空和奶油泡芙一般的朵朵浮云真让人舒心，还有温暖的

阳光照着，这倒很称小乔吉的心。不过老实说，渐渐地，小乔吉有些无聊了。为了排遣心中的倦意，他开始哼起了小曲。

歌词已经在他的脑子里转悠好几天了，旋律也是，但他就是没法把词和曲梳理好、配起来。所以他只能哼哼唱唱，吹吹口哨。他把歌词颠来倒去地唱着，停下来又接着唱，把曲子改了改再唱，最后终于把第一句定下来了。于是他反复唱着第一句，一遍又一遍地重复着，以确保开始琢磨第二句歌词的时候不会将第一句忘记。

肯定是小乔吉太全神贯注记歌词了，以至于他一时没注意，差点儿送了命。他几乎没有意识到自己已经来到了大仓房的农舍跟前，正第四十七次唱着第一句歌词。就在这时，老猎犬嘶吼着冲向他的脚跟，一刹那，小乔吉已经可以感受到猎犬呼吸中的热气了。

小乔吉下意识地向荒野里跳了几下，暂时脱离了危险。他停顿了大约一秒钟的光景，拉紧背包袋子，随即大步跳了起来。"别让背包影响了你的速度"是爸爸的原则。他跳了跳，来了几次连跳，又绕了几个圈，尽管知道做这些无济于事，他还是这么做了。田地里什么都没有，光秃秃的，而老猎犬熟悉这里的每一个角落。不管小乔吉怎么拐弯、怎么躲闪，老猎犬始终在后面，大步紧追不舍。小乔吉想寻找土拨鼠的洞穴，但是一眼望过去，一个都没有。"好吧，看来只能继续跑了。"他说道。

　　他再次把背包的袋子拉紧，将双耳向后、肚子紧贴地面地开始跑。可是，他怎么逃得掉！

　　温暖的太阳松弛了他的肌肉，空气中充满了振奋精神的气息，小乔吉的步子越跑越大。他从未觉得如此兴奋、如此有力。他的双腿就好像弹簧一般伸缩自如。他几乎感觉不到自己在使劲，唯一的感觉是自己的后脚着地、起来。每一个着地的瞬间，仿佛那些神奇的弹簧张开了，把他射向空中。他穿过篱笆和石墙，像田鼠那般奔跑着。真是飞一般的感觉。他现在终于明白燕子吉普描述的飞翔是什么感觉了。他回头瞥了一眼老猎犬，尽管已经被远远甩在了后头，但是老猎犬仍然拖着沉重的步子追着。他已经老了，肯定跑累了。而小乔吉——此时的他越发强壮，每跳一次都精力充沛。那条傻傻的老猎犬，为什么就不能放弃，回家去呢？

　　就在这时，小乔吉微微抬起眉毛一看，瞬间惊呆了，自己竟然忘记了亡灵河的存在！这条又宽又深的河此刻就在他眼前，蜿蜒着，像是一条银环。他，身为爸爸的儿子，来自蓝草州的奔跑健将的后代，如今被逼到了绝境前。那可是连伯吉都没法逃脱的陷阱！一旦陷入其中，无论怎么往右、往左，只会越来越深地陷入溪流中，一旦如此，老猎犬便可以轻而易举地吃掉他。可是他别无选择，只能跳

过去。

尽管意识到这一点让小乔吉十分不舒服，但是他依然不能慢下来，现在他的速度更快了。刚好下坡，他的步伐越来越大，简直大到不可思议。风在他的双耳边"呼呼"响着，正如爸爸希望他做到的那样，他将头放平，找了一处较高较坚固的点，预留了起跳需要的空间，以便自己能够准确无误地越过去。

得有一个完美的起跳！他将身体的每一寸肌肉都调动起来，为了最后的那一个踏步——然后飞向空中。他看到身体下方黑黑的河面上倒映着奶油泡芙般松软的云朵，看到河底的鹅卵石，看到那些被自己飞过的影子吓得匆忙游走的银色鲦鱼。之后，随着一声巨大的撞击声，他着陆了，足足翻了七个跟斗，才最终跌坐在了一片松软葱郁的草地上。

他僵在那里，除了大口喘气，一动也动不了。他看着老猎犬以迅雷不及掩耳之势冲下坡，急刹车，累得舌头几乎掉在了地面上。老猎犬气恼地看着眼前的河水，慢慢转身回去了。

小乔吉不必提醒自己关于跑一阵休息十分钟的原则，他知道自己累坏了，而且他想起了自己的午餐，于是解下背包，吃了午餐，休息了一会儿。一开始他真的被吓坏了，不过现在缓过劲来了，加上午餐一下肚，他的精神也恢复了。

爸爸会非常生气的，而且理由充分，因为他犯了两个非常愚蠢的错误：他走神了，放松了警惕，还忘记了前路

新邻居要来啦，哦，天哪！新邻居要来啦，哦，天哪！新邻居要来啦，哦，天哪！哦，天哪！哦，天哪！

有这么危险的陷阱。不过刚才那一跳，在这一带还从来没有哪只兔子可以做到，甚至连爸爸都做不到。他找准了起跳点，还计算了河的宽度，至少有十八英尺①宽。随着他的士气渐渐恢复，那首歌的词和曲突然一下子合起来了。

> 新邻居要来啦，哦，天哪！
> 新邻居要来啦，哦，天哪！
> 新邻居要来啦，哦，天哪！
> 哦，天哪！哦，天哪！

---

① 1英尺约等于 0.3 米。

词不多，曲也不长。调子就这么时高时低，最后回到起始的音节。也许很多人会觉得听起来有些单调，但这就是小乔吉想要的。他大声唱一遍，再轻柔地唱一遍，他把它唱成了一首胜利的赞歌，歌颂自己遇到险境却获胜的英勇事迹。他一遍又一遍地唱着。

往北飞的红腹知更鸟停在树梢，大声问道："你好啊，小乔吉，你这是要去哪儿？"

"我要去接安纳达斯舅舅，你到过山丘那儿吗？"

"我刚从那儿离开，"知更鸟回答道，"大家都很兴奋，似乎要来新邻居了。"

"是的，我知道，"小乔吉急忙说，"我刚刚还为此编了一首歌。你想听吗？唱起来是这样的……"

"不，不用了，"知更鸟说，"一路顺利！"随后他飞走了。

小乔吉心里的热情一丝不减，他又把歌曲重复唱了几遍，背上包踏上了行程。这也是一首适合路上唱的歌，所以前往高垄余下的路途中，他都乐此不疲地唱啊唱，甚至下多风山以及绕行乔治小镇时，仍旧唱个不停。那天午后，一路顺利到达丹伯里时，他还在唱着这首歌。

当他第四千次唱完最后一句"天哪！"时，树丛中传来了一声尖叫："天哪！怎么回事？"

小乔吉转过身，惊讶地喊了起来："天哪！怎么……怎么是您，安纳达斯舅舅？"

　　"当然是我，"对方"咯咯"笑着说道，"和过去一样的安纳达斯舅舅。快进来吧，小乔吉，进来——你大老远过来。于果① 我是一条狗，我刚才就抓住你了。你那老爸爸没让你小心一点儿？不过幸亏没事，进来吧。"

　　尽管妈妈一直担心安纳达斯舅舅的状况，毕竟他的家里没有母兔子帮着整理打扫，但是她肯定想不到——哪怕在她最悲观的时候，她都无法想到小乔吉被邀请进去的家竟然乱到了如此地步。

　　毫无疑问，这是一个单身汉的家，尽管小乔吉一直很羡慕单身汉的自由，但是他不得不承认，这儿实在是太脏了，无数的跳蚤活跃在这里。他一整天都在户外，如今一

---

① 安纳达斯舅舅的口误。

进门就有些喘不过气来，房间里的味道一点儿都不好闻。可能是安纳达斯舅舅抽的烟的味道——小乔吉倒希望是烟的味道。舅舅煮的东西也一点儿都称不上令人期待——他们的晚餐是一根放了很久、已经干了的胡萝卜。"享用"了这顿极简晚餐之后，应小乔吉的建议，他们到了屋外头，小乔吉拿出了妈妈的信。

"你给我念念吧，小乔吉，"安纳达斯舅舅说道，"我好像忘记把眼镜放在哪儿了。"小乔吉知道他其实不是乱放，而是压根就没有眼镜，他可没读过书。不过，该遵守的礼节还是要遵守，所以他尽职地开始读信：

亲爱的安纳达斯舅舅：

见信好！我知道自从米尔德里德结婚搬走后，您就孤孤单单地独自生活，我们特别希望您这个夏天能来我们这儿，因为有新邻居要来了。我们希望搬来的是会种庄稼的人，这样我们就有好东

西吃了，虽然他们可能会养狗，可能会有有毒的东西，会有陷阱，还会有猎枪什么的，也许您来还是会冒点儿生命危险，但无论如何，我们非常希望您能来！

您的外甥女

莫莉

信的最后还附了一句话："另外，请不要让小乔吉涉险。"不过小乔吉没有把这句话高声读出来。什么话啊！他——小乔吉，刚刚跳过了亡灵河，跳跃着的小乔吉怎么会让自己涉险呢！

"好吧，"安纳达斯舅舅说道，"好吧，真是一封暖心的信，真好。我不知道自己会不会去。毫无疑问，米莉[①] 搬走了之后，这里周围都冷冷清清的。要说吃的，也只有蔫了的胡萝卜，真是我见过的最吝啬的人家了，这儿附近住的人家都挺吝啬的，他们只有蔫得不得了的胡萝卜。是的，我想我会去的。至少新邻居要来，虽然可能是好邻居，也可能是坏邻居。无论如何，我都不能信任他们，当然也不能信任那些老邻居。但是那些老邻居，你多少可以说得出他们哪里不值得信任，对于新邻居，什么都不好说。尽管

---

① 米尔德里德的昵称。

如此，我想我会去的，我会去的。你妈妈做的刀豆生菜汤还是和以前一样好喝吗？"

小乔吉向他保证，妈妈做的汤还是那么美味，而且真希望此刻就能喝上一碗。"我还为即将搬来的新邻居作了一首歌，"他急忙补充道，"您想听听吗？"

"这会儿还不是时候，"安纳达斯舅舅回答道，"小乔吉，找个地儿睡一会儿，你想在哪儿睡都可以。我有几样小玩意儿得收拾，然后我们得趁早走，走时我会叫醒你的。"

小乔吉决定睡在外面的树丛里。晚上很暖和，洞穴也相当坚固。他哼着自己的歌，此刻唱起来更像是一首摇篮曲，而且是一首相当好听的摇篮曲，因为第三遍还没唱完，他已经沉沉地入睡了。

第四章 安纳达斯舅舅

　　他们很早就出发了，因为安纳达斯舅舅年纪相当大了，路上只能慢慢走。尽管如此，一路上舅舅的机敏和对乡村的细微了解完全弥补了他在速度上的不足。他知晓每一条小道、每一个捷径、每一条狗和每一个隐蔽的角落。一整天，他带着小乔吉用尽了兔子的那些诀窍，他所知道的简直比爸爸还多。

他们一直沿着石墙和灌木篱笆的阴影往前走，远远绕过所有养着危险大狗的人家，每次停歇的地方仅离洞穴或者荆棘丛一步远。他们在亡灵河边停下来吃午餐，小乔吉自豪地指出自己精确的起跳点，他们甚至还找到了他着陆时深深的脚印。

安纳达斯舅舅用机灵老练的眼神看着宽阔的河流。"这一跳不容易，小乔吉，"他赞许道，"真是不简单的一跳。老家伙可跳不了这么远，我自己就不行，哪怕是我年轻的时候都没办法跳这么远。你啊……这一跳不简单。不必为自己做到的太惊讶，也不能因此太自满。那一跳是精准的一跳，别以为老了还能如此。"小乔吉自己也明白，不会再这样尝试了。

午餐实在是太简单了，只是些碎屑，是从安纳达斯舅舅的储藏柜中刮出来的，完全称不上丰富。不过太阳升起来了，暖暖的，天空蓝蓝的，老兔子看起来需要休息一会儿，聊聊天。

"小乔吉，你知道吗？"他舒舒服服地靠在松软的草丛中，说道，"你成天唱着的那首歌，听起来不太像是一首歌，调子也不太像，但是表达的意思很好，尽管你自己可能还不知道其中的意思。我来和你讲讲为什么——因为总会有新邻居搬来的。总会有新的邻居，也就总会有新的

时代。

"具体地说，看看我们走过的这条路，我还记得我的祖父和我说，他的祖父如何说着祖父的祖父的祖父说过的那些很早很早的时光，那时候英军踏上了这条路，丹伯里被扫荡了，房子里、仓房里、谷堆上传来嘶吼声、枪声、烧毁声，附近的邻居们也被枪击杀害。他们中有一大部分就被埋在了果树林里，家园没了，牲畜没了，食物也没了，那时候真是太糟糕了。但是，军队走了之后，那个时代也远去了，然后就来了新邻居，新时代也随之而来。

"我们这些住在这里的居民，养育着我们的下一代，经营着我们手中的事务，但是新邻居来了，不久整座山谷就满是磨坊和工厂，高垄那一带的田地全都种上了密密麻麻的麦子、番茄和洋葱，到处都是人，就在这条路上，马车来来往往，络绎不绝，满载着谷物和干草。那时候就是好时候，对每个生命来说都是好时候。

"但是，又过了没多久，年轻人排着队列走在这条路上，统一穿着蓝色的制服，拿着纸袋子装的饼干说说笑笑，枪杆子上插着鲜花。他们中的大多数再也没有回来过，老人家一个个离开了，磨坊关了，田地里杂草丛生，又是坏的年代。但是爷爷奶奶们仍旧养育着我们，经营着手中的事务。后来又来了新邻居，这次是熙熙攘攘的路、新房子、学校，还有汽车，看到这些你就知道，好的时代又来了。

"小乔吉，有好的时代，也有坏的时代，但是都会过去的。有好的邻居，也有不好的邻居，但是他们也会过去的——不变的是，总有新邻居会搬来的。这就是为什么我说你的那首歌的意思很好——虽然听起来曲调一成不变，甚至可以说有些冗长乏味。现在我要午休了，十分钟。你可不能睡着。"

小乔吉的眼睛一直睁着，耳朵一直竖着，他可不想再经受什么意外。他开始想着安纳达斯舅舅刚才说的那些事，但是思考总是让人困倦，于是他到河边洗了洗脸，冲了冲脚掌，整了整背包，看着河边的树丛。发现十分钟已经缓缓流逝了时，他叫醒了舅舅，他们继续上路了。

关于安纳达斯舅舅要离开一阵子的消息，很快就在丹伯里这一带的小动物中间传开了，于是一路上他们收到了

很多告别和祝福。在高垄一带的土拨鼠还纷纷带来了要送给伯吉的信，于是当他们到达长山，往双子桥方向前进的时候，已经是午后了。此时的他们又累又热，风尘仆仆。快到北支流那一带时，安纳达斯舅舅看起来似乎心事很重。走到河岸边时，他终于吐露了心声。

"小乔吉，"他突然开口说道，"我要这么做，是的，我要这么做。你也知道，女士们总是喜欢这样，特别是你的妈妈。我都不记得上次这么做是多少年前了，不过现在我要这么做。"

"做什么？"小乔吉困惑地问道。

"小乔吉，"安纳达斯舅舅严肃地说，"听仔细了，因为你这辈子也许不会再听我说第二次，小乔吉——我准备洗个澡。"

他们干干净净、精神充沛、漂漂亮亮地出发了，眼看着马上要到家，小乔吉兴奋地跑着。尽管还有一段距离，他们已经发现，离家的这段时间，这里发生了一些变化，大屋的房顶上已经补好了瓦片，空气中还飘散着松树木屑和油漆的味道。

爸爸和妈妈开心地迎接了他们，当安纳达斯舅舅在客房里安顿自己带来的那些七七八八的玩意儿时，小乔吉忍不住说起了自己路上遇到的冒险趣事。当然，对于小乔吉的粗心大意，以致被老猎犬追逼，爸爸十分生气，但是很

快又为小乔吉能够一跃跳过亡灵河而感到无比自豪，气就渐渐消散，表情也不那么严肃了。

"妈妈，"小乔吉兴奋地说道，"我编了一首歌，是这样唱的……"

爸爸举了举手，示意安静。"听。"他说道，大家都仔细听着，一开始小乔吉并没有听到什么，但是他突然听到有个声音正在靠近。

整座山谷响起了各种小动物的大合唱，他们唱的正是小乔吉的歌——小乔吉创作的那首歌。

他能听到就在房子附近，伯吉用五音不全的嗓子唱道："新邻居要来啦，哦，天哪！"他认出了匹维、红巴克还有

灰狐狸福克斯的声音。田鼠威利以及他的兄弟姐妹们的高音三重奏，听起来像是从遥远的地方传来的钟鸣。"哦，天哪！哦，天哪！"他能听到草皮底下隐约传来莫尔低沉的歌声。妈妈也趁着准备晚餐的当口边忙边哼着这首歌。就连安纳达斯舅舅也时不时跟着感叹一句沙哑的"哦，天哪！"，然后开心地闻着从汤锅里飘来的味道。

比尔·希基和他的那些木工正忙着收工回家，当他们的卡车"轰隆隆"开过时，小乔吉甚至听到他们吹着口哨，哼着这首曲子。

小路尽头的小屋那里，蒂姆·麦格拉斯正快乐地修着自己的拖拉机。漫长闲散的冬天就要过去了，拖拉机很快就要派上用场了。他的犁都清洗打磨了，他的耙也就位了。就这样，他一边干活，一边唱着歌。

"你是从哪里学到这首歌的?"蒂姆的妻子玛丽从厨房窗户探出来问道。

"不知道从哪里学的,"蒂姆回答道,"新邻居要来啦,哦,天哪!新邻居要来啦,天哪……"

"真是一件好事,"玛丽打断了他,"有新邻居要来是件好事。冬天一过,我们原本没多少活儿可以干。这是件好事。"

"要来了,哦,天哪!会有好多工作,"他叫起来,"要建大菜园,很大的菜园;有草地要修整;北面的田地要犁,还要撒种;树枝要砍掉,树丛要修剪;车子要修好;灌木要移走;小鸡到处跑……有好多活儿——哦,天哪!哦,天哪!新邻居要来啦,哦……"

"听起来不像是一首歌,"玛丽说道,"不过真是一件好事。"

虽然如此,几分钟过后,在准备晚餐的各种声音中,蒂姆听到玛丽正五音不全地深情唱着这首歌:"要来啦,哦,天哪!新邻居要来啦,哦,天哪!"

泥瓦匠路易·克斯多克正往卡车上装货,他将泥铲、水桶、锤子、铁铲、软管、水泥袋,还有明天需要的其他东西往车上装,尽管不在调上,他仍快乐地哼着歌。很难说得清他唱的是什么曲子,也听不清歌词到底是什么,但听起来似乎是:"新邻居要来啦,哦,天哪!新邻居要

来啦……"

下面的路口小店那儿，戴利先生正在整理自己的架子，准备订些新货。没必要订很多，因为这个冬天很长，也很冷，几乎没什么人来光顾，架子上的东西几乎和秋天时一样多。但是，如今冬天过去了，早春温暖的风从开着的门徐徐吹进来，沼泽地那头传来的青蛙的喧闹仿佛清脆的雪橇铃声。

戴利先生坐在高凳上，一边在单子上写着字，一边哼着这首小歌曲："新邻居——两打咖啡、十二块咸牛肉——要来啦，哦，天哪！新邻居——淀粉三盒、火柴、胡椒粉、玉米淀粉、盐、姜汁酒——要来啦，哦，天哪！新邻居要来啦——纸巾、醋、腌黄瓜、杏肉干——哦，天哪！"

哦，天哪！哦，天哪！

第五章　伯吉稳坐不动

　　接下来的几天，坡上发生了很多事。事实上，事情太多了，小乔吉的爸爸密切注意着每件事情的进展，以致精疲力竭。菜园子的地被除草、耙松，修整了一番。真是一个又大又好的园子，看起来有原来的两倍大，而且，周围没有篱笆，这可让大家松了口气。花坛也被重新翻了土，

施了肥，原先的野草地被锄净了，土地被翻松，挖好沟，准备撒下种子。

北面的田地也正在整理中。蒂姆·麦格拉斯驾着他那辆轰轰响的拖拉机，欢乐地吹着口哨看着褐色的土地被犁头卷起，留下身后干净整齐的犁沟。伯吉和小乔吉的爸爸站在伯吉家门前，满意地看着眼前所有的进展。趁着拖拉机暂时停下工作的间隙，正在建石墙的路易·克斯多克冲着蒂姆喊道："蒂姆，他们要在这儿种些什么？"

"荞麦，"蒂姆回答道，"先种荞麦，之后再重新翻土，种苜蓿和梯牧草……"

"听到了吗？"伯吉愉快地轻轻推了推小乔吉的爸爸说道，"荞麦！天哪，我都不记得自己是否到过荞麦地。哦，天哪！"

"你没听到后面说什么蓝草吗？"爸爸期待地问着。

"哦，我没听到。"伯吉说，"不过对我来说，有荞麦就够了，我可没有肯塔基州那一带的独特口味。我琢磨着你妻子听到这个消息也会很高兴的。之前她做过荞麦蛋糕，那味道可是相当不错。想想就让我激动。"他兴奋地喘着气说道，"到时候就在我家的前院，整整一大片荞麦。"

"伯吉，说到你家前院，这可提醒我了，"爸爸开始说道，"我必须严肃地说一说，你住的地方太危险了，新搬来的人家会不会……"

兔子坡

伯吉粗鲁地打断了爸爸的话，说道："如果你接下来说的是让我搬家，那我劝你还是省省吧。我是不会搬家的。"他固执地耸了耸肩，接着说，"就是不搬家，说到做到。兔子坡上没有比这里更好的地方了，我是不会搬的。"

"我刚才的意思是，"爸爸接着说道，"新搬来的人家可能养了狗，如果真的有，那么你现在所处的位置就非常危险。"

"我会照顾好自己的。"伯吉喃喃自语。

"谁也不会否定你的勇气，伯吉，也不会怀疑你护卫自己的能力，"爸爸开始有些不耐烦了，"但是你那固执和无理的态度会给朋友们带来很多痛苦。

"我已经和红巴克、福克斯讨论了这个问题，我们下定决心了，如果到时候真的有狗，而你还坚持不听我们的劝诫，尽管我们可能会心怀愧意，但是我们仍不得不强行把你带到更安全的地方。我们也和匹维通过气了，他非常同意我们的计划。你也知道，必要的话，只要一会儿工夫，他就能把你的家弄得面目全非。他随时准备配合我们。"

说完了这番最后通牒，小乔吉的爸爸昂首阔步地走了，留下伯吉独自固执地咕哝着："我就是不搬，无论如何都不搬。"

小乔吉的爸爸找到了正在鸡舍附近晃悠的匹维和福克斯，鸡舍是新建的，用结实的铁丝围起来的，但是福克斯已经选好点，做好记号，准备挖个地道直接钻进去。喜欢小鸡的匹维沉思着如何在鸡舍那里挖洞。"时不时地吃上一只小鸡，就很好，"他说着，"不过如果垃圾的状况好的话，我就不会去打扰这些小鸡了。我希望搬来的人家没有那种新式的垃圾桶，埋在地里的那种，上面还有很厚重的铁盖子，因为那样真的特别危险，不应该被允许。

"我有一个侄子，就差点儿把命丢在了木炭坡那儿的一个垃圾桶里。他就那么轻易打开了桶盖，在里面享受了一番，结果盖子被盖上了，他就只能被关在垃圾桶里，一关就是一整夜。当然，他可以吃得饱饱的。但是第二天女仆

来倒垃圾了，一打开盖子，受够了臭鼬的苦。"他笑着说，"那天之后，尽管经受了这样的惊险，那女仆还是继续服侍着自己的主人们。"

"也许他们会挖个洞，把垃圾埋起来。"爸爸建议道。

"也别那么想，"匹维回答道，"那是一种管道，会把好的新垃圾和变质的老垃圾混在一起，还有那些瓶瓶罐罐和其他垃圾。不行，我希望看到的就是那种老式垃圾桶，盖子松松地搭在上面，如果要搬来的人家想得周到、做事体贴的话，他们就会用那种垃圾桶。"

爸爸觉得这个话题实在是不那么令人愉悦，所以他继续往前散步，很快就遇到田鼠威利和他的朋友莫尔。

"晚上好，威利，"爸爸说道，"我相信你的朋友和亲戚们在犁地之前就已经把田鼠洞里的东西转移了，对吧？"

"是的，先生，谢谢您的关心，"威利礼貌地回答道，"他们都非常感谢您的及时提醒。"

"不用谢，不用谢，"爸爸接着说道，"我也是偶然间听到麦格拉斯先生提到他第二天要来犁地，所以才提前通知大家的。真希望其他小动物也能听取建议，采取措施，这都是为他们好。"

"您指的是伯吉吗？"威利问道，"他可真是个固执的古怪老家伙，不是吗？"

爸爸很严肃地盯着威利，说道："威利，伯吉先生是我

们这一片最年长也是最受尊重的邻居之一，哪怕是没有礼貌的小年轻，都应该尊重他。"

"是的，先生。"威利回答道。

"莫尔，"小乔吉的爸爸观察着前院被修整得十分平坦的草地，继续说道，"这儿的草坡真美，你可以在这里好好挖一个宽敞的洞。"

莫尔捧起一抔土，在手上揉了揉。"这里的土还是松了点儿，"他说道，"而且所有的虫子都被铲出来，吓走了。不过，只要再等两三个星期，新的草就会长出来，虫子也会回来了。您也知道，没有什么比新鲜的草根更吸引他的了，到时候我再开始真正的捕猎。"

就在这时，小乔吉飞速地跑过来，口里嚷嚷着新消息。"爸爸，明天就搬来了。"他继续喊道，"明天就搬来了。我刚刚听到路易·克斯多克对蒂姆·麦格拉斯说，要把路上的那些洞补上，因为明天搬家的车子就来了。新邻居也是，他们也是明天搬来。"

"太棒了，"爸爸说，"我们终于可以知道新邻居是谁、他们性格如何，以及是否养了可怕的猫猫狗狗了。不过，小乔吉，在你的妈妈面前，不要提搬家车子的事情。你还记得小斯德克莫顿吗？"

小乔吉当然记得，小斯德克莫顿是妈妈最喜欢的孙子，可是一辆行驶的卡车把他夺走了，从那以后，妈妈就莫名地害怕车子了。

当然，这个消息像野火一样很快就传遍了兔子坡一带。一整个晚上，洞穴里满是来来往往的访客，他们聊着，猜测着即将发生的事。爸爸谨慎地不去提卡车，可是没用，当妈妈知道新邻居马上就搬来时，一下子喊道"搬运车！"，于是泪流满面。她将围裙拉到头上，哭了好长一会儿，并要求小乔吉明天只能在洞口边上活动，直到所有危险都过去。

"好了，莫莉，别多想了，"安纳达斯舅舅安慰道，"不会的，一路上这么多坑坑洼洼，路面颠簸不平，弯弯绕绕，那些可恶的搬运车不可能开得很快，甚至都不可能对乌龟构成威胁。另外，我也会在那里亲眼见证这一切，不错过任何一点，不管是搬运车、新邻居还是猫猫狗狗，没有谁能比我知道得更多。"

妈妈发誓，她明天一整天都待在洞里。但是安纳达斯舅舅拍了拍爸爸，说道："别担心。"他笑着继续说，"明天她一定会出去的，和我们所有动物一样，看看这，看看那。我最知道母兔子了。"

第六章　搬运车

　　重要的一天终于到来了，搬运车到了。它们"嘎嘎"作响，摇摆着驶上了公路，驾驶员们完全没有意识到，此时有数百双小小的、发亮的眼睛正盯着他们。小动物们埋伏在月桂树丛、荆棘丛、高高的草丛里，聚在一起观察着这次搬家。福克斯和红巴克来到了松树林的外围，站在那里一动不动。红巴克只有在想听到周围一切细微声音时，才会把耳朵抖向这边、抖向那边。搬运车停下来休息的时候，妈妈也冒险出来了，坐在爸爸和安纳达斯舅舅中间，紧紧抓着小乔吉的左耳朵。

对小动物们来说，观看卸载家具是个十分有趣的过程，因为借观察新邻居的财产可以判断他们的情况。一看到好几件泛着饱满光泽的老红木家具，小乔吉的爸爸就赞许地点了点头，低声对妈妈说道："这些一看就是高级货。离开蓝草州之后，我就没再见过这么好的东西。"

不过他的话被匹维的一阵欢呼给打断了，因为一个老式垃圾桶此刻正被搬往车库的后边，连盖子都没有。"这就是我说的处事周到的邻居，"匹维心满意足地说道，"以后，就在那个葡萄架下，我可以好好享用晚餐和甜点了。"

安纳达斯舅舅用锋利的眼神盯着那些被搬进工具房的各式各样的器具和修整菜园的家伙。"陷阱和弹簧枪还没有出场，"他说道，"不过倒是有不少瓶瓶罐罐，可能是毒药或者——还说不清是什么。"

路易·克斯多克和蒂姆·麦格拉斯也找到了机会在大屋周围走来走去，把一切都看在眼里。"看起来是好人家用的东西。"路易说道。

"是啊，"蒂姆说，"真是好东西。不过，还有非常多的书。实在是太多了。读太多书的人大多有些奇怪，爷爷总

是说'读书坏脑子'，不知道他说得对不对。"

"我也不知道，"路易接着说，"我以前认识一个樵夫，他读了很多书，不过他是个真正的好人，可惜几年前去世了。"

搬运车卸下了所有的东西，摇摇晃晃地开走了，但是动物们可没有歇下来。他们真正在意的是要搬来的邻居们。下午三点左右，他们的等待终于得到了回报。一辆小车驶入了视野，看起来是一辆有点儿年头的车，上头还顶着行李。此时，观看的动物们中间有了一阵不小的骚动，所有的眼睛都紧盯着打开的车门。

先下车的是一位男士，他正抽着烟斗，闻到味道的安纳达斯舅舅赞许地说道："这我喜欢。"他轻轻地对小乔吉的爸爸说："我喜欢抽烟斗的男人。我可提醒你，有一种邻居，他们通常在你休息的时候出来散步，毫无预兆地在你的老腰上踩一脚。可是如果你有一个抽烟斗的邻居，特别是喜欢抽这么烈的烟的邻居，那么你可以在半英里外就闻到味儿了。是的，我喜欢抽烟斗的。"

小乔吉的爸爸同意地点点头，但是他的眼睛一刻不离地盯着下车的女士。她从车上拎下来一个大篮子，此时正要打开盖子。

当篮子里跳出一只巨大的虎纹灰猫的时候，妈妈屏住了呼吸，同时，小田鼠们中间袭来了一阵恐慌。灰猫伸了伸前腿，又伸了伸后腿，接着，缓慢而又高贵地踱到了前门台阶上，开始用舌头给自己梳理毛发。他把自己的全身都舔了一遍，甚至连爪子和爪子间的缝隙都不放过。随后，他躺在阳光下，睡着了。

田鼠们害怕地小声议论着，小乔吉的妈妈几乎要晕倒了，但是见过世面的安纳达斯舅舅一眼就看懂了，几句话就消除了大家的恐惧。"太年迈了，"他开始说道，"老得都走不动了。你们没注意到他走路的样子吗？还有那些牙齿——当他打呵欠的时候，你们没看到吗？都是些磨圆了的老牙。放心吧，他根本就威胁不了任何一个。我甚至可以直接走过去，往他脸上踢一脚——将来，将来总有一天。"

车子又一次大幅度地晃动起来，于是大家的注意力又再次回到了车子上。两三个包裹被拿下来，然后是更多的

包袱，最后，一位神色激动的女士从后门下车了。

"多好啊，索弗洛尼亚，这就是我们的新家，是不是特别好？"女士欢乐地说道。可是索弗洛尼亚看起来并不是这么想的，她拉着两个大行李箱，径直走向了厨房。

匹维轻快地拍了拍爸爸的背，说道："会有垃圾的，对吧？会有吗？哦，天哪，天哪！那么大尺寸的垃圾桶，如果没有最棒的垃圾，那将难以想象。还应该有各种各样的垃圾，鸡翅、鸭背、肉骨头——煮得稀烂的肉骨头。"

"邻居们可能都是很棒的厨师，"爸爸说道，"而且是十分大方、熟悉我们需要和习惯的厨师。在这儿，这样的厨师可不多见，可是在蓝草州那儿……"

"哦，你和你的蓝草州……"匹维打断了爸爸的话。

"别闲谈了，睁大你们的眼睛，"安纳达斯舅舅严厉地说道，"看看他们是否带了陷阱、弹簧枪、毒药、来复枪、短枪、圈套、捕网或者之类的东西。"

他们仔细盯着，看着所有卸下来的包裹被一一搬进屋里，看着傍晚的霞光斜照在灰猫身上，望着他僵硬地站起来，伸了伸腿，慢慢走到厨房里。于是，这些小动物四散回家了，一路上说着今天看到的一切。

总体来说，大家都很满意。至少他们没有看到陷阱、弹簧枪，或是其他致命的武器。另外，那只猫也明显没有任何攻击力。除此以外，还没有狗。

夜幕降临，看到大房子里重新有了灯光，看到人们在里面走来走去，听到厨房里传来杯盘的愉快响声，真让大家舒心。空气中还弥漫着山核桃木烟斗的香味。从大房子边上走过时，小乔吉听到客厅壁炉里的柴火发出"噼噼啪啪"的燃烧声，他愉快地唱了起来：

　　　　要来新邻居啦，哦，天哪！
　　　　要来新邻居啦，哦，天哪！

第七章 读书坏脑子

也许新邻居们并没有意识到，接下来的几天里，他们都处于试验期。高高的草丛中藏着众多明亮的小眼睛，整日盯着他们的一举一动，就连他们说的话都被一字不落地听进了竖起的耳朵里。

第一天早晨，小乔吉的爸爸和安纳达斯舅舅决定去试试那只猫。至于猫的名字，他们早就从邻居们的对话中记下了，他叫马尔登。此时，他正躺在前门的台阶上，晒着太阳，欣赏着周围的新环境。当爸爸跳着穿过离他只有几尺远的前院时，灰猫马尔登先生只是懒懒地看了他一眼，然后继续欣赏着周围的景色。随后，安纳达斯舅舅也试了试，尽管没有像昨天夸口的那样往灰猫脸上踢一脚，但他竟跑到灰猫面前，撒了些灰尘在他身上。即便如此，这只老猫只是掸了掸尘土，打了个呵欠，睡着了。

这么一壮胆，田鼠威利和他的兄弟姐妹们围成了半圆形，嘲弄地扮着鬼脸，上上下下不停蹦跳着，挑衅地唱道：

> 马尔登先生，
> 宛如一只浣熊，
> 哟！哟！哟！

但是马尔登先生只是把爪子往耳朵旁边一放，继续打盹。

"什么呀，"安纳达斯舅舅咕哝道，"谁都不必担心他会带来危险。"

小乔吉的爸爸当然急于知道新来的邻居们是否都是好脾气，他最注重好行为和好教养了。不过，他一直等到午后才找到机会，因为新邻居们开车出去了，爸爸和他的几

个朋友耐心地在路边等邻居们回来。一看到车子缓缓驶来，爸爸直接从驶来的轮子前跳了过去。

开车的男人用力踩了刹车，车子紧急停了下来。他和那位女士一同摘下帽子，温和地说了声："晚上好，先生。祝您好运。"说完之后，他们把帽子重新戴上，继续开着车子，慢慢地、小心地离去。

爸爸欣喜若狂。"看哪，"他对所有的小动物宣布，"那是真正的有好教养的人。我可无意中伤住在这一带的其他人家，不过我必须说，这是我搬到这儿之后第一次有人如此待我，如此贴心、友好，这些好行为在蓝草州可是很普遍的……"

"哦，你和你的蓝草州……"匹维撇着嘴说，"我对他们的行为并不感兴趣。我感兴趣的是他们的垃圾。"

"匹维，你慢慢会懂的，"爸爸有些激动地说道，"好教养和好垃圾是密不可分的。"

他们的争论被空气中飘来的烟斗的味道打断了，烟斗的味道总是在男人出现之前传来。他从车道走下来，手里拿着一块写着标语的木板，木板被钉在一根木桩上，他的手里还拿着铁锹、锤子和其他工具。爸爸和匹维看着他把标志牌立在车道入口处。

"小乔吉，上面写的是什么？读出来让我听听，"安纳达斯舅舅说道，"我不知道把眼镜丢哪儿了。"

小乔吉读着板上的字："上面写着，小动物……出没……请小心……驾驶……"

"哇，我觉得这就是好人，"安纳达斯舅舅承认道，"小乔吉，你的妈妈听到这个消息肯定会很高兴。小动物……出没……请小心……驾驶……太好了，真是太贴心了。"

小动物出没，
请小心驾驶！

渐渐地，住在这里的小动物们发现，新来的邻居们从各方面都符合他们对好人的高标准。好朋友们聚在山坡上时，福克斯也说起了让自己认可新邻居的那件事。

　　"他们看起来真的是非常通情达理、有见识的人，"他娓娓道来，"比较安静，也很友好。昨天下午晚些时候，我在附近四处看看，隐隐闻到了烤鸡肉的味道，于是我穿过篱笆那儿的小菜园。当时我并没有太注意，再加上那个男主人没有抽烟斗，否则我肯定知道他在附近，所以，我一穿过菜园，发现自己和他撞了个正着，换句话说，那可是面对面啊。当时他正在读一本书，抬眼看了看我。猜猜他接下来做了什么？什么都没做，一点儿事都没有。他就坐在那儿，看着我，我站在那儿，看着他。然后他说了句：'哦，你好。'然后就继续读他的书，我也就继续去干自己的事了。这就是真正的好邻居啊。"

　　"那个女主人，"伯吉赞许地点着头咕哝道，"你们有谁听说那天下午发生的骚乱吗？各位，当时我正在田地附近闲逛，也是心不在焉的，那里可是宽敞得很，加上天色还早，就那么一瞬间，十字路口的那条大狗突然出现在我的面前。我当然不怕他，只是乱了阵脚，什么掩护都找不到，于是我踮起后腿，做出攻击的样子，想赶他走。要知道，他的鼻子上还挂着几道两三年前被我抓伤的痕迹，他可不敢往前，只是开始绕圈子，想从我的背后偷袭。这时，女主人急忙从菜园走出来，手中拿着甜瓜大小的石头，大狗开始狂吠不止。

　　"她把所有的情况都看在眼里，稳稳地站着，然后她将手中的石头投出去，一下子击中了大狗的肚子，哦，天哪，那家伙的叫声，就是在煤炭山那头都还能清楚地听到。"

"肯定可以听到，"小乔吉的爸爸赞同道，"我就听到了。那天下午我碰巧去了煤炭山，看望女儿黑兹尔，听到了那条大狗的叫声。那叫声可真让我难忘。"

"知道之后她做了什么吗？"伯吉接着说，"天哪，她只是掸掸手中的灰尘，冷静地看着我，笑了笑说：'傻瓜，怎么不小心点儿呢？'然后继续在菜园里挖了起来。虽然没有在蓝草州住过，可我对好教养那一套也不是一无所知，我敢说，谁也不会反驳……"他刨了刨地，恶狠狠地瞪着周围，说道，"我敢说，能像那样扔石头的，就是位有教养的夫人。"

接着，大家就伯吉的洞穴有了一场小小的争论。可能在新邻居的眼里，那场争吵是小小的，可是对小动物们来说，有着巨大的意义。

路易·克斯多克正在建的石墙就是伯吉洞穴所处的位置。当他来到洞口处时，男主人说："克斯多克先生，那个地方留着吧，底下住着土拨鼠，我们就不打扰他了。"

"留着？"路易惊讶地说道，"为什么要让土拨鼠住在这里？这种动物会把你的菜园弄得一团糟，我想着明天带一把猎枪来把这事处理了。"

"不行，不能用枪。"男主人坚定地说。

　　"那我可以设个陷阱。"路易建议道。

　　"不行，不能用陷阱。"女主人同样坚定地说。

　　路易不解地挠了挠头，说："好吧，这是你们的家，如果你们这样决定，那就这么做，不过，那段老墙已经摇摇晃晃的了，夹在新的墙体中间看起来会非常奇怪。"

　　"哦，我想应该没问题。"男主人笑着说完，往前走去。

　　蒂姆·麦格拉斯漫步而来时，路易仍旧挠着头。"那些读书多的人，我和你说过的，还记得吗？"蒂姆说道，"读书多，人就怪，就是这么个道理。搬来这里的这些人是好人，说话也和善，正是我们想要的——只是很奇怪。我昨天刚和他们说过，应该把鼹鼠们赶走，或者我带几个陷阱来，可是就像女主人和你说的那样，她马上对我说：'不，

不要陷阱。'于是我提议带些毒药来，男主人说：'不行，不能用毒药。'

"我大声地说道：'有了这些鼹鼠在下面乱翻，我还能整出好的草地吗？'你猜猜男主人怎么说？'哦，就不停地翻土，'他说，'不停地翻土，之后鼹鼠们就会死心的。'听哪，'死心'！"蒂姆哼着说，"他说是在一本书上看到的。

"然后，就在今天早上，"他接着说道，"我正和他们说必须在菜园周围围上篱笆的事。'天哪，你们不能永远没有菜园吧？'我说，'没有篱笆就没法有菜园。这个坡上到处都是小动物，比如兔子、狗、浣熊、鹿、野鸡、臭鼬，等等。'猜猜女主人怎么说？"

"我猜不到。"路易回答道。

"你肯定猜不到，"蒂姆说，"'我们喜欢小动物，'她说，'他们真美。'听哪——'美'！'他们肯定也饿了。'她还补充说道。

"'您是对的，夫人，'我说，'他们是饿了，您到时候会因此烦恼的。'我又说道，'当蔬菜开始长起来的时候。'

"就在这时，男主人插进来说道：'哦，我想我们可以和这些小动物处得很好的，到时候会有足够的食物供我们大家吃的。'听哪——'我们大家'！'这也是我们把菜园规划得这么大的原因。'男主人说道。"

蒂姆伤心地摇了摇头，说："真让人汗颜，他们可真是

好人，说话和善——只是有点儿怪。或者说，有点儿难对付。我想应该是书读得太多的关系。爷爷是对的，他常说：'读书多，坏脑子。'"

路易捡起锤子，一边把一块石头砸开，一边说道："不过，真是好人。"

田鼠威利每天晚上都被差去观察新邻居的情况，当然，可不是粗鲁地偷窥，而是很自然地去打探坡上会种些什么。这可是小动物们都感兴趣的事情，毕竟，这是他们的兔子坡。

客厅的窗边有一个盛雨水的桶，借着这个桶，威利就能跳到窗台上。尽管夜晚的时候有点儿冷，壁炉里还烧着火，但窗户通常都会打开一道缝。这样威利就可以躲在窗台的阴影处观察邻居们，听听他们对于菜园的计划。今晚，

在一堆介绍种子的宣传册中，他们列出了种子和植物的
清单。

威利努力记下了每一个名字，现在正做着汇报。小乔
吉的妈妈爸爸、安纳达斯舅舅、匹维、伯吉，还有其他小
动物都专心地听着。

"有白萝卜，"威利复述道，还用自己的爪子数着，"胡
萝卜、豌豆、大豆……刀豆……生菜……"

"刀豆生菜汤。"妈妈开心地说。

"玉米、菠菜、甘蓝、芜菁、大头菜、西蓝花……"

"别总是吃这些外来菜。"安纳达斯舅舅嘟囔道，不过
在妈妈的示意下，他不再说什么。于是，威利继续数着：
"芹菜、大黄、马铃薯、番茄、辣椒、卷心菜（红色的和白
色的）、花菜、覆盆子（黑色的和红色的）、草莓、香瓜、
芦笋……我能记住的就是这些了……哦，想起来了，还有
黄瓜和南瓜。"

当威利结束报告、深深喘了一口气的时候，聚在一处
的小动物中间弥漫着一阵欢乐、兴奋的气息。不过，交谈
随即转变成一系列关于哪些蔬菜归哪些家庭的争论。小乔
吉的爸爸站了起来，示意大家听他说，于是，所有的小动
物都安静了下来。

"大家都知道，"爸爸坚定地说道，"在兔子坡有个传
统，所有的这些问题都将在分配夜得到解决。我记得今年

的分配夜应该是五月二十六日。和往常一样，等到那天，我们都聚集到菜园来，按着规矩和各个家庭的口味，将蔬菜分配到各家。"

"那我怎么办？"安纳达斯舅舅问道，"我是新来的。"

"就作为我们家的访客来算，"爸爸说道，"当然您会得到您的那一份。"

"那就好。"安纳达斯舅舅说道。

第八章　威利的倒霉之夜

蓝草几乎是导致田鼠威利倒霉的直接原因。威利当时正和往常一样，在窗台上观察新来的邻居们，听着他们的对话。这天晚上，计划完菜园的种植之后，他们说起了草场的事。对此，威利不太感兴趣，心不在焉地听着，直到自己被一个熟悉的词触动。

"这本书上，"男主人说道，"建议在上面种红色的草，中间是苜蓿，下面种上肯塔基州的蓝草。"

蓝草！肯塔基州的蓝草！兔爸爸肯定会很开心的，得

第一时间告诉他。

兴奋和着急让威利犯了不可原谅的大错——粗心。他本该记得，那个雨水缸的盖子很旧，有些地方甚至腐烂了，留下了几个危险的口子。他太粗心了，从窗台跳下来的时候，不偏不倚正好踩在了其中一个口子上。往下掉的时候，他疯狂地想抓住点儿什么，但腐烂了的木盖在他爪子的抓挠下裂开了，他落到了可恶的冰冷的水中。

他浮上来喘了口气，寒冷似乎耗尽了肺中的所有空气，不过再次沉入冰水之前，他喊出了一声尖厉的求救呼叫。再次浮上来的时候，他已经十分虚弱，挣扎着向缸沿吃力地游去，但是缸壁上长了苔藓，太滑了，而且此时他的爪子已经冻麻木了，根本就抓不住。他轻轻地又喊了一声——为什么大家不来救他？小乔吉的爸爸、小乔吉，或者匹维也行啊！最后一次沉到水中时，他隐约听到一声响动，看见一道明亮的光。随后，光消失了，一切都消失了。

过了很久很久——威利永远不知道那到底是多久，他眨了眨眼睛，微微睁开了双眼。他隐隐觉得自己湿漉漉的，并且身体止不住地颤抖着，似乎正躺在一个十分舒适的、由白白的某种东西搭起来的窝中。他看到了跳动的火焰，感受到了轻柔的温暖。他再次闭上了眼睛。

后来他又睁开了眼睛，眼前浮现的是新邻居弯腰探下的脸。这么近距离地看着新邻居，挺吓人的。他们看起来很巨大，好像噩梦中的可怕怪物一样。他试着缩进软软的棉毯中，可是鼻子突然闻到了热牛奶的香味。有人正拿着药物滴管举到他面前，滴管底部挂着一滴白色的液体，虚弱的威利舔了舔——真好吃。牛奶中加了别的东西，暖暖地在他的身体里流淌。顿时，他觉得自己有劲了，继续吸着，直到管子空了。哦，感觉好多了！胃里装满了温暖的食物，真舒服，他的眼皮又垂了下来，他再次睡着了。

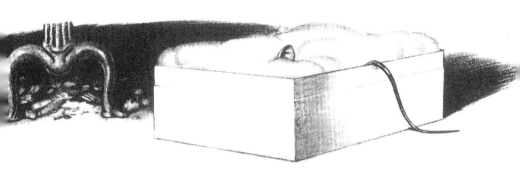

在洞口等着威利带回报告的小动物们惊慌失措，爸爸和安纳达斯舅舅立即组建了一个搜寻小组，可是并没有找到有关威利的任何蛛丝马迹。

一直在垃圾桶边自由享受着的匹维报告说，他曾经听到一声老鼠的喊叫，然后看到邻居们拿着手电筒从屋子里赶来，在水缸那里忙来忙去，只是，他不知道他们在忙什么。

威利的大表哥爬到了窗台上，但是窗子始终关着。松

鼠格瑞被叫醒了，被派往房顶查看情况。他在楼上所有房间的窗口打听着，却没有发现任何不寻常的情况。

"是那只讨厌的老猫，"安纳达斯舅舅喊道，"鬼鬼祟祟、骗人的老猫，真是虚伪的无赖，还一副又老又无害的样子。真希望我当时朝他的脸上踢一脚。"

伯吉则怪起了蒂姆·麦格拉斯："是他和他的圈套。"他力证道，"他一直提圈套的事，还有毒药。很可能他让新来的邻居给威利设了套。"

小乔吉的爸爸没说什么，整整一个晚上，他和安纳达斯舅舅还有小乔吉仔仔细细地将坡上的路走了一遍，像塞特犬那样，不放过每一小块土地、每一小段墙面、每一簇灌木、每一个树丛。直到晨光快显露的时候，他们才不得不承认没有任何威利的线索，疲惫地回到了自己的洞里。而家里，妈妈红着眼睛抽泣着，备了热腾腾的早餐等待着他们。

不过所有小动物中，莫尔的愤怒和忧伤最让人感动。这位老友的眼睛里充满了迷失，甚至都无法加入搜寻的队伍。

"我会修理他们的，"莫尔严肃地说道，"我会修理他们的，这里再也不会有任何一块绿地——绝不会！也不再有树丛和灌木，我会把它们都掀起来，连根挖起。我要挖、掀，我要凿洞。从这儿到丹伯里的每一位朋友、每一个亲戚，我都会喊来，将这块地方翻个底朝天，他们再也……"

威胁的言论在莫尔疯狂地冲进整理得十分整齐的草地后才停住。一整个晚上，其他小动物都听到了他的呼噜声，能看到地面像波涛一样被不断地掀起。

威利再次醒来的时候，已是灰蒙蒙的日出时分了。房间虽然很冷，但是炉中的灰烬还在微微烧着，从砖块表面传出舒适的温暖。他在自己躺卧的纸板盒中舒展了身子，然后朝燃烧着的煤块挪近了些。他全身僵直、酸痛，还有些摇摇晃晃，不过已经感觉好多了。他给自己理了理毛发，伸展了全身，感觉很好。热牛奶和加在其中的不知名的东西味道很好，他希望自己此时能再吃上一些。他应该起来回家去，但是门和窗户都关着，根本没路可走。

太阳升起来之后，他才听到房子周围有脚步声。他闻到了男主人的烟斗味道，也听到了老猫马尔登细微的走路声。他到处寻找可以躲藏的地方，但全是徒然。壁炉两边的书架从最底层到最顶层都塞满了书籍，一阵绝望之后，他跳到了最顶层的一排书籍上，蹲在了最黑的角落里，此时门开了。

邻居们走进来，立刻就发现盒子里少了威利。"好吧，好吧，他不见了，"男主人说，"应该是感觉好多了。可惜不知道他去了哪里。"

女主人没有回答，她看着马尔登先生，此时他正慢吞

吞地朝书架踱去。

威利尽可能蜷缩着身子，往角落里又缩了缩，大猫越来越靠近的时候，他的心跳得厉害。那只猫的头此时看起来巨大，嘴巴也张着，两排白色的尖牙露了出来，眼睛里映出了发光的金色煤块。被恐惧占据的威利只能无助地看着大猫那红色的脚掌变得越来越宽，越来越宽。他甚至能感受到大猫那热热的呼吸，夹杂着强烈的罐装鲑鱼的味道。

然后老猫马尔登打了个喷嚏。

"他在那儿，"女主人安静地说道，"在书架上，在那个角落里。马尔登先生，过来，别吓到那个可怜的家伙。他的麻烦已经够多了。"说着，她坐了下来，大猫随即呆呆地漫步过去，跳上她的腿，开始小憩。那个男人打开了大门，也坐了下来。

过了好一会儿，威利才缓过劲来，心跳恢复正常。于是，千钧一发的时刻到了，他决定冒一次险。周围什么动静都没有，他开始沿着墙壁脚悄悄爬行，在每一件家具处停一停，此时他已经快到门口了，最后冲刺之前，他快速观察了周围的环境。

男主人抽着烟斗，女主人仍旧安静地坐着，手指慢慢地抚摸着马尔登先生的下颌，大猫懒洋洋地打着呼噜，发出低沉的、"咕咕"的喘息声。

大胆的一阵冲刺过后，威利冲到了阳光下，穿过了梯田。但是，尽管还处在获得自由的兴奋之中，他不得不在门前草坪处停了下来。原本平平整整的草坪，如今被鼹鼠弄得这里一块、那里一块的，实在太乱了，几乎没有一处没被疯狂破坏。他放弃了最短的路径，挖了两个洞，跳进了洞里。

"莫尔！莫尔！"他一边跳进洞里，一边喊道，声音在地道里回响着，"我在这里，莫尔，是我——威利。"

蒂姆·麦格拉斯站在草坪前，双手拍着屁股，看着自己精心劳作之后的成果被破坏了，气得下巴紫红紫红的，脖子处似乎吞咽着难以抑制的狂怒。

"好好看一看！"蒂姆唾沫飞溅地喊道，"好好看一看啊！我是怎么和你说的，那些鼹鼠？但是不要！不要设圈

套！当然不要。不要使用毒药，哦，我的天哪，不要！现在好好看看！"

男主人抱歉地抽着烟斗。"真是一塌糊涂，不是吗？"他承认道，"我想我们不得不重新来一遍。"

蒂姆·麦格拉斯望了望天空，轻声地说道："我们不得不重新来一遍！我们不得不重新来一遍！哦，天哪，赐给我力量。"他疲惫地、步履蹒跚地离开了，去取耙子和滚转机。

第九章　分配夜

　　白天变长了，太阳也爬高了，随着白天的变长，小动物们的热情也渐渐高涨。菜园里，一长排一长排的绿色蔬菜正迅猛地生长着，草坪上的新草如同厚地毯一样整齐、美好。莫尔为自己之前的破坏行为感到深深的羞愧，如今的他离草坪远远的。每天晚上，小乔吉的爸爸都会去看一眼蓝草。尽管长得慢，今年也长不了很多，但是明年夏天

就会大变样——哦，想想就让人兴奋！伯吉满足地从自己的洞口观察着茂密的荞麦地。

鸡窝里，母鸡"咕咕"叫着，数不清的小鸡跑来跑去，踩来踩去，"吱吱"叫个不停。匹维和福克斯常在夜晚的时候在那里驻足，查看周围的情况。只是，垃圾桶里的食物足够让匹维享受，于是他对小鸡的热情完全消退了。他甚至还劝福克斯也试试这种烹饪过的美食。一开始福克斯对这个建议不屑一顾，甚至嘲笑着说自己更喜欢新鲜的鸡肉，但是自从吃到南部风味的炸鸡翅之后，他渐渐被说服了，如今也常常和匹维一起享受他们的午夜饕餮盛宴。

每天晚上，小动物们都会观察菜园。每一排尽头贴着的种子包装上的鲜艳彩色照片，总能惹来一阵阵小心翼翼压制住的惊叹声。当然上面的文字，小乔吉会一一读给不

太识字的安纳达斯舅舅听。

　　每一个小动物都列着单子，注明可食的蔬菜和自己家的口味需求，为分配夜做准备。

　　期待已久的时刻到来了，不同往常，此次没有什么争议，因为菜园太大了，对所有小动物来说绰绰有余，甚至连那些最挑剔的动物都无话可说。

　　那夜的月亮非常明亮，坡上的每一个小动物都出席了分配夜。匹维和福克斯担任裁判，因为他们不是素食主义

者，因此小动物们可以信任他们的公正无私。当然，小乔吉的爸爸是主要的发言人。

分配夜里出现了一个以往从未有过的问题。出于对救命之恩的感激，威利和他的亲戚们提出：应该为这一家人专门留下菜园的一部分。小乔吉的妈妈热情地赞成，因为她也深深地为路边的标志牌而感动。于是，小动物中有了一场辩论，只是伯吉似乎代表了大多数动物的意见，他说："这家人必须和我们大家一样。人们通常不尊重我们的诉求，为什么我们要给他们特权呢？有了特权，就不民主了。"因此，提议被否决了。

出席的动物们中间，安纳达斯舅舅的诉求似乎有些奢侈。但是由于他不是坡上的常住居民，而且是广受尊重的小乔吉的爸爸和妈妈的客人，所以大家并没有公开评论，只是在捂住的爪子后隐隐有些议论。

不过总体来说，分配夜十分有序，气氛十分愉快，这和此前任何一个分配夜都不同，此前那些贫瘠、败坏的菜园常常导致大量的争吵。

爸爸在会议结束时说出了一个想法："我们真是蒙受了

恩典，遇上了最大方、有好教养又善良的邻居。目前他们所播种的，已经是我们这么多年来遇见的最富余的菜园。因此，希望日后不必再向你们中的任何一位重申，请严格遵守坡上的以下规定和要求。

"每一位分配到的都是他和他的家庭所独有的，可以自由使用和享受，任何侵占别家财产的家伙都将被驱逐出兔子坡。

"如果邻居们摘取了我们其中某位的大部分蔬菜，那么救济委员会将额外分配其他区域的蔬菜以作补偿。

"最后，什么都不许动，直到仲夏夜。这一条规定是最重要的，因为长期的经验教训让我们懂了一个道理：摘取未熟的蔬菜，只能带来苦难。让蔬菜长熟，才能保证大家都有足够的食物。我希望坡上的大家能像一直以来的那样，充满耐心和自律。在此提醒各位，规则是强制执行

的，违反者将无法逃脱惩戒。请容我也提醒你们——伯吉、福克斯，这项禁令同样适用于荞麦地、鸡窝、鸭窝，还有菜园。"

"我是没问题的，"匹维叫道，"垃圾桶那儿可不分季节。来吧，福克斯，晚上一起享用炸鸡吧。我宣布大会结束。"

所有动物都怀着满足的心情慢慢走回家，甚至有一群小家伙还沿路唱着"快乐的日子回来了"。距离仲夏夜还有一段时间，但是菜园里已经一片绿油油了，天然的食材随处可见，菜园里一幅即将硕果累累的景象。家庭主妇们都忙着准备腌菜罐头，妈妈提出了想要再建一间储藏室的想法，这是她一直以来梦寐以求的。安纳达斯舅舅可以帮忙挖洞，小乔吉用起工具来已经得心应手，所以他可以帮忙搭建架子。小乔吉被派往十字路口胖男人家那里买一些早市中买不到的器具，而妈妈则坐在洞口，继续盘算着储藏室的计划。

突然，晴天霹雳般，一阵可怕的响声揪住了坡上小动物们的心。那响声太长了，伴随着车子尖厉的刹车声、轮胎的滑行摩擦声。有那么一瞬间，一切都静寂无声，接着，黑道上传来一个男人的骂声、引擎的发动声，汽车又开起来了。

妈妈深吸了一口气，喊了声"小乔吉——"，一下子倒了下来，但是爸爸和安纳达斯舅舅则匆忙向黑道上跑去。他们听到了红巴克跑下坡时树丛发出的声响，听到了伯吉飞奔时的喘息声，听到了急忙奔跑的威利发出的吱吱声。

但是，尽管大家都飞快赶过去，大房子的邻居们还是抢先了一步，爸爸听到了碎石路上他们奔跑的脚步声，看到了手电筒发出的蓝白光线。

动物们挤在灌木丛中，凝视着可怕的黑道，邻居们在那里弯下了腰，看见了一个小小的跛脚的动物。他们听到男主人说"这儿，拿着手电筒"，看到他脱下外套铺在路上，接着说："那儿，那儿。"然后，男主人跪了下来，小心翼翼地将小东西裹在衣服里，细心地抱起后，沿着公路走上来。动物们看到了月光下女主人苍白的脸，听到她说了一些淑女不该说的话。

第十章　坡上的乌云

忧伤弥漫在整个兔子坡，因为所有的小动物中，小乔吉是大家最喜爱的。他身上的快乐气息以及年轻的热情给从前的日子带来了很多亮光。并且对妈妈来说，他身上从未退却的乐观简直没有什么可以比拟。对爸爸来说，他是个敏捷的帮手，也是打猎时的好伙伴。从前那些一起跑过的路，凭着机智对付大狗的种种经历，一幕幕地闪现在爸爸的脑海里，将他拉入无尽的悲伤中。

妈妈瘫倒在床上，煤炭山的女儿黑兹尔被叫了回来，临时担负起家里的各种家务。她并不擅长烹饪，并且来的时候把自己三个年幼的孩子带来了，孩子们的吵闹让安纳达斯舅舅难以忍受，于是他尽可能待在洞外面，长时间地和匹维、伯吉、红巴克在一起。

"他跑起来真快，"红巴克伤心地说道，"跑得真快。很多次，我们一起跑到韦斯顿，不办什么事情，只是跑着玩。早餐前跑过去，再跑回来，他真是年轻。有时候我说：'你累吗，小乔吉？'他只是笑着说：'累？这才只是热身而已。'然后就跑开了。于是我只能拉大步子，试着跟上他。"

"他还是个跳远的能手，"安纳达斯舅舅说道，"他可是跳过了亡灵河的，我亲眼看到的，那条河至少十八英尺宽，我敢说，在兔子界，这是绝无仅有的壮举。"

伯吉摇摇头说："他还总是乐呵呵的，笑着，唱着。真是不公平。"

"那些该死的车子，"安纳达斯舅舅愤怒地说道，"我会好好收拾他们的，我会找到他们的。等时机来了，在合适的雨夜，就在黑道那里，路面又湿又滑，我就藏在坡底的拐弯那里，等该死的车子开在颠簸的路上时，我就突然跳到车前，把他们好好吓一跳，到时候他们会踩刹车、滑过去，撞到石墙上。

"我年轻的时候在丹伯里常做这样的事，有四辆车在那里报废了，其中三辆撞得面目全非。不过那已经是很久很

久之前的事了，"他无奈地叹气道，"如果不是够敏捷，他们早就撞到我了。"

松树的影子随着夕阳西下斜映在兔子坡上，兔子坡的居民们在一阵沉默中忧伤地坐着，荞麦在夕阳下闪着绿色、金黄色的光芒，如同地毯一般。"每天差不多这个时候，他总是匆匆跑过，"伯吉说道，"每次经过都会说上一句：'晚上好，伯吉先生。'真有礼貌。还称呼我'先生'，真是不公平。"

甚至连仲夏夜的到来都没有让大家的心情好起来，动物们对菜园里的美味也没有多大的兴趣。胡萝卜叶子长得高高的，嫩嫩的山藜豆长着多汁的须茎，鲜嫩的生菜开始探出了头，卷心菜像玉一样，豆荚挂得整整齐齐的，所有这些，若是从前，一定能让大家狂喜不已，但是如今没有一个在意。

而今年的仲夏夜，对小乔吉的爸爸来说，注定是一个悲伤的日子，因为此前他们计划在今年要办一次庆祝会，庆祝自家的储藏室终于能够填满，所有的邻居都受邀了，

会有刀豆生菜汤，还有几瓶花酒留着，游戏、欢笑、歌曲也不会少，本该像从前的好日子那样，该有的都有。

新的储藏室没有建起来，爸爸和安纳达斯舅舅都没有心思，因为本来应该是小乔吉来做架子的。妈妈也没有任何做腌菜罐头的计划。她最近只能勉强起来，在摇椅里坐一会儿。

黄昏时候，爸爸就坐在洞口，家里孩子们无间断地吵闹，让他无法待在家里。黑兹尔根本就无心好好做饭。而就在爸爸旁边，安纳达斯舅舅则打着盹。

　　突然，爸爸注意到有一小群动物从坡上冲了下来，他
听到田鼠威利兴奋的喊叫声，还有他的那些兄弟的嚷嚷声。
他还看到了匹维和伯吉。快靠近洞口的时候，威利停下喘
了口气，跳到他们面前，声音里充满了兴奋。

　　"我看到他了，"威利疯狂地嚷着，"我看到他了。安纳
达斯舅舅，醒一醒啊，我看到他了——我看到小乔吉了。"

　　瞬间，混乱爆发了。黑兹尔从门里冲出，手里甩着洗
碗水；她的三个孩子大声地嚷嚷，比什么时候都响；田鼠
威利疯狂地叫嚷着。妈妈从她的椅子里蹒跚着起来，安纳
达斯舅舅往后跌了一跤。"让孩子们别吵，"他生气地嚷道，
爬了起来，"怎么可能？"

兔子坡

　　所有动物不约而同地尖叫着，团团围住威利。匹维用前爪抓着地面，说道："安静，安静。"他的尾巴轻盈地摆着，接着说，"要是我再听到谁说话，我就……"大家立刻安静了下来，因为匹维从来都不随便说威胁的话。"好，威利，"他安静地说，"继续。"

　　"嗯，"威利上气不接下气地说道，"我就在窗台那儿，因为盛雨水的桶有了新的盖子，我就跳上去试了试，果然很坚固。我接着跳上了窗台，往里面看，结果看到了他——我看到了小乔吉。他就躺在女主人的腿上，就在她的腿上躺着……"

　　"那只可恶的猫呢？"安纳达斯舅舅插嘴问道，"他在哪儿？"

　　"他也在那儿，就在那儿——他正帮小乔吉洗脸！"

　　听到这个不可思议的消息，匹维的尾巴再次翘了起来。

　　"是真的，他真的在这么做，"威利接着说，"洗了耳朵还有脸。小乔吉看起来很享受，我还看到他把头垂下来，那只猫甚至抓了抓小乔吉的颈背。"

　　"可能是跳蚤。"安纳达斯舅舅说道。

　　"这就是我看到的，我想应该告诉你们，所以就直接跑过来了。"

　　"那他……他看起来好吗？"妈妈几乎喘不过气来了。

　　威利停了一会儿，说道："嗯，他看起来，他的腿——

后腿……好像被什么东西缠起来了，像是绷带一样的东西。"

"他能走路吗？"爸爸快速问道。

"这个，我不是很清楚。你也知道，他躺在那个女主人的腿上，所以我不知道他能不能走路，但是看起来他很舒服，也很快乐。"

"谢谢你，威利，"爸爸说，"你真是个好小伙儿，也是个善于观察和思考的好朋友。听了你带来的消息，我们真是太高兴了，真是太感恩了。若后续有什么消息，请告诉我们，我们太期待了。"

瞬间，欣喜和如释重负的心情如同潮水一般袭击了大家，讨论、提问、推测此起彼伏。这个好消息很快就传遍了整个兔子坡，此前一直弥漫着的阴郁如同晨雾一般散了。

祝贺声充满了整个兔子坡。当然了，妈妈还是有点儿担心，但是她的眼里重新有了亮光，这个亮光在那个可怕的夜晚之后就消失了。伯吉——老伯吉，那个害羞、孤单、常常不愿参与社交的伯吉蹒跚着、笨拙地走上来，举着自己粗糙的沾满了泥土的爪子说："我可以去洗洗了。"之后他匆匆走了，看到这一幕，大家的眼里都盈满了感动的泪水。

第十一章　紧张和冲突

　　第二天黎明，爸爸和安纳达斯舅舅开始建造新的储藏室。此前笼罩着兔子坡居民的阴郁完全不见了，妈妈开心地说着家常，甚至还时不时哼一两句小乔吉之前唱的那首歌。黑兹尔和她的三个孩子回家去了，妈妈和爸爸表达了诸多的谢意，安纳达斯舅舅也暗自高兴。"现在，终于得空可以睡上一小会儿了，耳根也可以清静了。"他咕哝道，

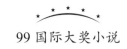

手里忙着铲土。

日子一天天过去，储藏室的建造也进展顺利，但是大家仍然隐隐有些担心，因为田鼠威利再也没见到小乔吉了。

每天晚上，威利都无一例外地借着水缸跳上窗台，打探着起居室里的情况，但是这家人在楼上还有一个客厅，如今似乎晚上都在那儿度过。所有的小动物都警醒地盯着、听着，但是没有任何小乔吉的消息。

他们很确定，小乔吉还在那里，因为每天早上女主人都会带着一个篮子，里面装着挂了露水的苜蓿、胡萝卜叶子、新鲜的生菜，或是嫩嫩的刀豆。从她准备的菜量来判断，小乔吉不仅在屋里，而且胃口还不小呢。

转眼几个星期过去了，仍然没有任何消息。仲夏夜近了，大家的焦虑开始爆发，脾气也变得焦躁起来。爸爸和安纳达斯舅舅的情绪更是如此，因为他们都不擅长木工，自然也更容易发脾气。本来小乔吉一会儿就可以做好的木隔板，却花了他们很长很长的时间，当然木板上还留有一道道爪印。完工之后的成果并没有令爸爸满意，隔板左摇右摆的，一点儿都不像是花了这么多精力和时间完成的。

在安纳达斯舅舅的大拇指第四次被砸之后，他愤怒地将锤子扔在了地上，然后去找伯吉了。怒气与担忧逐渐在他心里产生了深深的疑虑，现在他终于说出来了。

"你知道吗，"他说，"我不信任这些新搬来的邻居，一点儿都不信任他们。我实在担心小乔吉。你知道我在想什么吗？我想，他们可能把小乔吉扣押下来了，这就是他们的计划。我说，也许仲夏夜一到，只要我们当中的谁碰了任何分配的蔬菜，他们就会开始虐待他，这就是他们的计谋——或者甚至可能害死小乔吉。

"他们可能现在就在虐待小乔吉，"他忧愁地继续说道，"折磨他、嘲弄他、窥察他，试着要从他那儿知道关于我们的事，让他把连我们住在哪儿的事都供出来，这样他们就可以投放毒药、埋下圈套，还有弹簧枪。威利不是说他的腿上绑东西了吗？可能是一些折磨他的工具。我不信任他们，完全不信任。我也不信任那只讨厌的老猫。我一定要冲他的脸上踢一脚。"

安纳达斯舅舅的怀疑很快在其他小动物中间传开了，导致了一场痛苦的争端。妈妈、爸爸和红巴克拒绝相信这些关于新搬来的邻居们的恶毒说法，福克斯和匹维也站在他们这一边，因为他们都觉得邻居们能够将如此丰富的垃圾装好，实在是又善良又友好。

但是诸多其他小动物则站在了安纳达斯舅舅这一边。冲突和争吵越来越频繁。和往常一样，很多可怕、凶险的谣言开始四散。夜晚，邻居们的起居室里的灯亮到很晚，还有奇怪的声音从里面传来。臭名昭著的骗子老鼠声称自己听到了小乔吉痛苦的尖叫。

　　糟糕的是，雨季来了。接连数天，低垂的乌云从东边聚集，飘过兔子坡，带来了没完没了的雨。凉飕飕的东北风一吹，雾气、湿气就聚在了洞口。墙上长出了霉菌，屋顶开始漏水，烟囱则冒着烟。家养的小动物们都窝在家里的壁炉旁，仍旧冻得发抖。对菜园来说，这是好事，但是对大家的情绪来说，真是件坏事。

　　每天，尽管外头泥泞不堪，下着毛毛雨，小乔吉的爸爸还是到处走，寻找着小乔吉的踪迹，回来时他总是浑身泥土，湿漉漉的，而且情绪忧郁。安纳达斯舅舅整天都窝在火炉边，抽着烟斗，咕哝着可怕消极的预言。所以，吵架是难免的，令彼此伤心的话很轻易地被说了出来。妈妈的眼泪和飘过的云彩一样多而密集。于是，安纳达斯舅舅

踊踊脚，从洞里走了出去，去伯吉的家。在那里，他成了
反叛者们的领袖，整天添油加醋，使得怀疑、仇恨的情绪
一天更甚一天。

　　就连伯吉都承认自己似乎也有些被激怒了，越来越多
的小动物将所有这些荒唐的怀疑匆匆咽下，坏情绪被越来
越激发出来。一些攻击性强的甚至提议说，坡上的规矩得
来个大翻盘，不必等到仲夏夜了，他们应当立即行动，破
坏菜园、草坪、荞麦地、花园，甚至应该不顾一切地屠杀
小鸡、小鸭、母鸡、公鸡。

　　会议上风起云涌，要说服动物遵行先辈留下来的规矩
和习俗，需要爸爸发挥出全部的口才和雄辩，还要加上红
巴克的所有权威。吹拂的春风和紧接着的好天气确实是帮
了不少忙，给紧绷的神经和紧张的关系带来了缓和。

　　路易·克斯多克最近一直在菜园附近忙碌着。那是一
块可爱的地方，一小块圆形草坪在大松树的阴影下延伸至
斜坡下的菜园。菜园边上有两张石头长椅，温暖的夜晚来
临时，邻居们常坐在那儿休息，他们的这个习惯使得小动
物们无法观察清楚路易正在忙活什么。

　　关于这个，小动物中有不同的猜测，但是安纳达斯舅
舅很快就有了自己的解释。

　　"他们准备建一个地牢，"他喊道，"为小乔吉建的地
牢，这就是他们正在忙活的。他们会把他关在一个大铁栏

围着的地牢中，将他绑住，每次我们一靠近菜地，他们就开始折磨他、戳他，不给他东西吃——甚至还可能将滚烫的油浇在他身上。"

仲夏夜在微妙的氛围中到来了，怀疑、恐惧和普遍的不满情绪充斥着兔子坡。最后又加了一样，一个又长又重的大木箱子。

是蒂姆·麦格拉斯用卡车将这个大箱子拉来的，几个男人一道把箱子卸了下来：蒂姆、路易、男主人，还有几个助手。他们将箱子移到了大松树下的草坪上，那儿是路易一直忙活的地方。于是，安纳达斯舅舅马上制造了一个新的谣言："大箱子里装的肯定是圈套和弹簧枪，可能还有毒药和毒气。"

不管里面装的是什么，路易和他的助手们围着箱子忙了一两天甚至更久，才敲敲打打地把大箱子彻底拆开，这期间，邻居们不时过来看看。直到仲夏夜那天的下午，工作才结束。一切都打扫得干干净净，之前忙活的东西被路易用柏油帆布盖得严严实实的，就在草坪正中间，帆布在傍晚的阳光中闪烁着，像是一顶帐篷。

伯吉和安纳达斯舅舅远远地看着，保持一定的安全距离，心里充满了疑惑。

"是个绞刑架，"安纳达斯舅舅阴郁地低声宣布道，"就是绞刑架，哦，他们要把可怜的小乔吉绞死。"

第十二章　绰绰有余

　　太阳落山了，西方天际洒落的金色光芒渐渐褪成清亮的淡绿色。金星仿佛垂挂在大松树下，明亮地照耀着。起初只有金星，但渐渐地，天际颜色渐深，群星出场了，高高列在宛如银色镰刀的新月上方。

　　暮色渐浓时，整个兔子坡上低语渐起，草地上满是小动物们穿梭来去的轻盈身影，小小脚步发出的沙沙声此起彼伏。随后，他们都陆续往菜园方向而去，因为这是仲夏夜，小动物们聚集在了一起。

就在圆形小草坪的边上，邻居们安静地坐着。大松树的阴影下，一切都是黑漆漆的，隐约能看到的是略略泛白的石头长椅、男主人的烟斗散发出的有规律的缕缕烟雾，还有那张帐篷一般的灰色帆布。帆布顶部在苍白的月光下反射出光芒，宛如灯塔，这座"灯塔"似乎正招呼着小动物们，使得他们陆续从菜园边往圆形小草坪集合。他们一步一步慢慢地、安静地穿行在深草和灌木丛的阴影间，直到四周都是小动物们。没有一个知道接下来会发生什么。

此时的月光更亮了，小草坪在月光的映照下像一个小型的聚光舞台，他们能辨认出坐在长椅上的一动不动的女主人，还有她边上的那只懒洋洋的大猫马尔登先生。一切都如此寂静，以至于大家能听到大猫"呼哧呼哧"的呼吸声。

突然，安纳达斯舅舅粗鲁的一声尖叫打破了寂静，他摇摇晃晃地跳到空地上，凹陷的双眼怒瞪着，耳朵则以一种狂热的角度竖起。

"他在哪儿？"他狂热地"呱呱"叫道，"他在哪儿？那只大猫在哪儿？让我过去，他们不能绞死我们的小乔吉。"

妈妈从阴影处出来，说道："安纳达斯舅舅，快回来。哦，大家拦住他啊，拦住他。"

女主人的腿上突然一阵骚动，然后，那么清晰，那么喜悦，小乔吉的声音响起，他大叫了一声："妈妈！"接着，他跳到地上，穿过草地，边跑边喊："妈妈，爸爸，是我，小乔吉。我很好！看看我呀，看……"

明亮的月光下，他欢乐地跳跃在草坪上，上上下下、蹦蹦跳跳、来来回回。他奔往安纳达斯舅舅，却突然来一个急转弯，跑向了长椅，在大猫的肚子上轻轻碰一下，大猫懒懒地搂着他的腰，他们就这么开心地摔跤，最终"砰"的一声摔倒在地上。马尔登先生想起了自己的年纪，为了显得足够稳重，他又跳回长椅上，发出了如同研磨机的咕咕声。

小动物们中间爆发出一阵欢笑声，然而，随着男主人安静地起立，欢笑声顿时止住了，他走向柏油帆布，优雅地解开扣子，将它拉了下来。随即而来的是深深的寂静，甚至可以听到数百只小动物清晰的呼吸声以及紧接而来的惊叹声。

莫尔抓住了田鼠威利的手肘，说道："威利，那是什么？到底是什么，威利？你是我的眼啊。"

威利此时无法言语，甚至惊讶得无法呼吸，最终他说道："哦，莫尔，太美了！是他，莫尔，是他——好圣人！"

"他？来自阿西西？"莫尔问道。

"是的，莫尔，我们的圣人，阿西西的圣弗朗西斯——

那个从很久之前就爱着我们、保护我们的人——哦，莫尔，太美了！是用石头做的，莫尔，他的脸看起来那么善良，那么安静，还穿着一件长袍，看起来旧旧的，甚至可以看到袍子上的补丁。

"而他的脚边，是小动物们，是我们，莫尔，全都是石头做的。有你，有我，还有各种鸟儿，有小乔吉，有伯吉，还有福克斯——甚至还有年迈的单腿蟾蜍。圣人的手伸开放在身前，就好像——好像在祝福大家。他的手中有水流出，莫尔，干净的、清凉的水从他的手中流出，流进面前的一个水池里。"

"我听到水的声音了，"莫尔低语道，"我能闻到水池的味道，能感受到水的清凉。继续说，威利，你是我的眼啊。"

"是一个可供饮用的水池，莫尔，边上很浅，所以鸟儿们可以在那里洗澡。哦，莫尔，水池的周围还铺了平板石头，上面摆满了食物，好像一场盛大的宴请。还有文字，莫尔，刻在石头上的文字。"

"上面写着什么？威利，读出来。"

威利仔细地一字一字读出来："写的是'富足丰裕'。富足丰裕，莫尔，确实如此。

"这里有谷物——我们吃的玉米、大麦、黑麦，有红巴克吃的盐巴蛋糕，还有蔬菜，各种各样的蔬菜，都是菜园

里产的，那么新鲜，都是洗干净了的，一点儿泥土都没有，还有苜蓿、蓝草和荞麦。甚至还有专为松鼠和花栗鼠准备的坚果——他们迫不及待地享用起来了，莫尔，如果你不介意，请允许我，我要加入他们了。"

威利加入到兄弟姐妹们中间，他们正在谷堆里打滚呢。不远处，安纳达斯舅舅似乎有些不知所措地狼吞虎咽，满口都是苜蓿和胡萝卜。伯吉则专注地在荞麦堆里享受着，一点儿都没注意到自己的耳朵被一根麦秆勾住，一副俏皮的模样。

四周一片享受食物的咀嚼声，新搬来的邻居们静静地坐着，男主人的烟斗"扑哧扑哧"冒着烟，升起后又慢慢坠下，女主人则温柔地摸着大猫的下颌。红巴克舔着盐，直到嘴唇沾满了厚厚的水沫，随即在水池那儿喝了好一会儿才摇着头，大声地发出满足的哼哼声。大家都吃完了，威利将皮带松了一格或者两格，绒毛覆盖下的小肚子看起

来似乎刚刚吞下什么大东西。

　　红巴克慢慢地绕着菜园走了一圈，母鹿和小鹿跟在他后头，渐渐地，所有小动物都顺从地跟了上来，渐渐形成了队伍。匹维和福克斯肩并肩，伯吉和安纳达斯舅舅蹒跚地跟着，妈妈和爸爸带着小乔吉走在他们中间，小乔吉一手搂着妈妈，一手搂着爸爸。野鸡带着他的妻子迈着小碎步，羽毛在月光下闪耀着金铜色的光芒。田鼠家族全数到齐，浣熊和负鼠、花栗鼠和松鼠，灰色的、红色的，都在队伍中。大家的周围，菜园边留下的起伏是莫尔和他的三位兄弟留下的痕迹。

　　队伍庄严地绕着菜园缓缓走了一圈，直到大家都回到了好圣人所在的位置。红巴克又发出了哼哼声，开口说话的时候，吸引了所有动物的注意力。

"我们吃了他们的食物,"他的声音很洪亮,"我们尝过了他们的盐,我们喝了他们的水,都很好。"他自豪地将头转向菜园的方向,继续说道,"从今以后,菜园就是禁地了。"他又用凿子一般的蹄子踏着地面,补充道,"有谁反对吗?"

没有动物反对,回答他的是一阵沉默,最后,安纳达斯舅舅开了腔:"那怎么对付切根虫?没有明确的规定怎么对付他们,不是吗?"

鼹鼠莫尔走得比其他动物慢一些,他从刚完成的地道里钻出来,两肘支在地上,虽然眼睛看不见,他仍将自己的脸转向声音发出的位置,说道:"我们可以负责巡视。"他笑了笑,继续说,"我和我的兄弟们会昼夜不停地在这里附近巡视。"

小动物们继续享受晚餐时,匹维和福克斯突然竖起耳朵,听着屋子后面葡萄架上的一组对话。索弗洛尼亚的柔和声音回响在坡上:"你好,臭鼬先生,请过来取。"于是,他们慢慢跑过去,进入了黑夜中。

终于,倾斜的月光移到了松树的背面,饱足的小动物们纷纷回家去了,带着快乐的心情,困倦地彼此道别。小乔吉的妈妈两手各挎了一个小篮子。"明天的汤,"她快乐地喊了起来,"刀豆生菜汤,不仅明天,以后每一天都这么吃!"

安纳达斯舅舅清了清喉咙,羞怯地说道:"如果那个客房还空着，我想我还是住回来。伯吉是个好家伙，但是他的家，是啊，天哪，到处发霉，还有，他做饭的手艺啊……"

"您当然可以回来，安纳达斯舅舅，"妈妈笑着说，"您的房间还是老样子，我每天都打扫。"

小乔吉快乐地绕着圈子跑来跑去，冲着爸爸问道："附近有没有新的狗？"

"据我所知，山路那儿新来了一对塞特犬，"爸爸回答道，"据说养得很好，非常能干。你好好休息几天，恢复好了之后，我们一定和他们玩一玩。"

"我随时可以，"小乔吉大笑道，"真的随时都可以。"他来了一个大跳，双手还在空中连击了三下，在爸爸、妈妈、安纳达斯舅舅的头顶上方大喊道："我很好！"

这个夏天，每天晚上，好圣人那儿都会有一场盛宴，一整个夏天都是如此；每天早晨地面则被打扫得干干净净。每天夜里，红巴克、匹维和福克斯担任侦查的工作，以免路过的其他动物破坏宴会，莫尔和他的兄弟们则一丝不苟地绕圈巡视。

一整个夏天，妈妈和其他的家庭主妇都忙着做腌菜，把蔬菜保存起来，储藏在为过冬准备的储藏室里。当然，也少不了快乐的聚会、欢笑和舞蹈。坡上的好日子回来了！

蒂姆·麦格拉斯检查着长势良好的菜园，惊讶地抬高音量说道："路易，我真是不明白，新邻居的菜园子没有围

栏、陷阱、毒药，什么都没有，可是居然没有遭到任何破坏，连一丁点儿都没有。没有脚印，连切根虫都没有。我自己的呢，什么都用上了，围栏、陷阱、毒药，甚至还带着短枪在某些夜晚巡视——可是你猜怎么了？胡萝卜都不见了，甜菜少了一半，卷心菜的菜心被吃了，番茄都落了下来，草坪被鼹鼠破坏得不像样。十字路口的胖男人甚至还养了狗，但是连一根玉米都没剩，不仅如此，生菜也一点儿不剩，萝卜则是大部分遭了殃。我真的不明白，可能是刚搬家带来的好运气吧。"

"肯定是，"路易赞同地说道，"肯定是好运气——或者其他类似的原因。"